ÖTEKİ KADININ DAYANILMAZ CAZİBESİ

POPÜLER KİTAPLAR: 16

Öteki Kadının Dayanılmaz Cazibesi
Dr. Hamdi Kalyoncu

Popüler Kitaplar, bir Bilge Yayın Grubu kuruluşudur.
© 2005 Bilge Yayıncılık, Eğitim, Sağlık Hizmetleri ve Ticaret A.Ş.
Tüm yayın hakları anlaşmalı olarak Popüler Kitaplar'a aittir.
Kaynak gösterilerek alıntı yapılabilir; izinsiz çoğaltılamaz, basılamaz.

Editör
Mustafa Reyhanlı

Dağıtım   : İLKİ A (0212 272 45 46)
Baskı Yeri, Tarihi : İstanbul, 2006
İç Düzen   : Kadir Kara
Kapak Tasarımı   : Ferhat Çınar
ISBN   : 975-9019-14-0
Baskı-Cilt   : Bilge Matbaacılık
                     Yılanlı Ayazma Sokak
                     No: 8 Örme İş Merkezi Kat: 1
                     (Kale İş Merkezi Karşısı) 34010
                     Davutpaşa, Zeytinburnu-İstanbul

POPÜLER KİTAPLAR
Yılanlı Ayazma Sokak No: 8 Örme İş Merkezi Kat: 1
(Kale İş Merkezi Karşısı) 34010 Davutpaşa,
Zeytinburnu-İstanbul
Tel : 0 212 483 15 16
Fax : 0 212 483 30 55
www.populerkitaplar.com
bilgi@populerkitaplar.com

ÖTEKİ
KADININ
DAYANILMAZ
CAZİBESİ

Yazarı
Dr. Hamdi Kalyoncu

Dr. Hamdi KALYONCU

1951'de Trabzon'da doğan Hamdi Kalyoncu, Erzurum Tıp Fakültesi'nden mezun olmuştur. Aynı fakültede psikiyatri ihtisası yapmış olan yazar halen İstanbul'da kendi özel kliniğinde Ruh Sağlığı Hastalıkları Uzmanı olarak görev yapmaktadır.

Psikiyatrist Hamdi Kalyoncu'nun Burak Yayınları'ndan;

- Yeryüzü Tanrıları,
- Şirk Psikolojisi,
- Liderlere Tapınma Psikolojisi,
- Okumayan Bunar,
- Okuma Psikolojisi

Popüler Kitaplar'dan;

- Erkek Kadından Ne Bekler,
- Erkekler Neden Aldatır,
- Erkek Aldatmaz Hakkını Kullanır

isimli kitapları yayınlanmıştır.

Yine Popüler Kitaplar'dan "Görünmeyen Varlıklar ve Psikiyatrik Hastalıklar", Psikiyatrik Açıdan Çokeşlilik Savunması" konulu kitapları yayına hazırlanmaktadır.

drhkalyoncu@mynet.com
hamdikalyoncu@mynet.com

İÇİNDEKİLER

Bölüm 1
Eşlerini "Öteki Kadın"ın Cazibe Alanına İten Hanımlar 11
Erkeği "Öteki Kadın"a İten
"Birinci Kadın"dan 3x3 Yanlışlar 12

Bölüm 2
Erkeğini "Öteki Kadın"a İten "Birinci Kadın"ın
Erkek Hakkında Yanlış Düşünceleri 15
I. Erkeğini Değiştirme Düşüncesi................ 15
II. Erkeği Yönetme Düşüncesi 16
III. Erkeğin Özel Hayatını Sınırlamaya Kalkışmak 17
IV Eşine Karşı Haklı Çıkma Hevesi 17
V İsteklerini; Sitem, Şikayet ve
Tartışmayla Elde Edebileceğini Zannetmek 17
VI. Erkeğin Evlenmeden Önceki Tavrının
Evlendikten Sonra da Aynı Kalacağını Sanmak 18
VII. Çocukların Babaları Tarafından Cezalandırılmasını
İsteyerek "Aciz Anne" İmajı Vermek 18
VIII. Sadece Dişiliği ile Erkeğin Gönlünde
Taht Kuracağını Sanmak 19
IX. Erkeği Baskı ve Kontrol Altında Elde Tutacağını
Zannetmek 19
X. Cinselliği Bir Görev Gibi Algılamak 20

Bölüm 3
"Birinci Kadın"ın Evliliğe Bakıştaki Yanlışlıkları 21
Evliliğe Yanlış Bakışlar 22
I. Evliliği Sadece Bir "Fert"le Birliktelik
Olarak Algılamak 23
II. Eş Seçiminde Ailelerin Onayını Küçümsemek 24
III. "Ölümüne Evlilik!" Anlayışı 25
IV. Erkeklerin Evliliğe Hazır Olduğunu Sanmak 26
V. Erkeğin, Hayatın "Rengi" Olarak Baktığı Evliliğe,
Kadının, "Hayatın Anlamı" Olarak Bakması 26

VI. Evliliği "Kurtuluş" Olarak Görmek 26
VII. Evliliği "Paylaşma" Zannetmek 28
VIII. Erkeği Yeterince Tanımadan Evliliğe
Karar Vermek 29
IX. Çok İnce Elenip Sık Dokumanın Sonunda
Geç Verilen Kararlar 29
X. Evliliği Gereğinden Fazla Ciddiye Almak 29
XI. Boşanmayı Evlilik Öncesine Dönüş Zannetmek 29

Bölüm 4
Hayata Hatalı Bakış 31
I. Hayata, "Karşı Cins"le Sınırlı Bakmak 31
II. Hayattaki Tüm İyilikleri Erkekten Beklemek 32
III. Hayatı Kadınlığa Mahkum Görmek 32
IV. Kadınların, Hayatın Zorlukları ile Doğrudan
Yüzleşmekten Uzak Olması 32
V. Hayattan Abartılı Beklentiler İçinde Olmak 33
VI. Evlenmekle Her Şey Hallolacak Zannetmek 33
VII. "Ev"e Bakıştaki Farklılıklar 33

Bölüm 5
Üç Yanlış Duygu, Kadının İçindeki Üç Başlı Ejderha
"Sahiplenme", "Kıskanma" ve "Aldatılma" Duyguları 35
İçinizde Bu Duygular Varsa, Kadınlar!
Gelin Kendinize Bir İyilik Yapın; Hiç Evlenmeyin! 36
Kendilerini "Üç Başlı Ejderha"ya
Kurban Veren Kadınlar 36

Bölüm 6
Ejderhanın İlk Başı: "Erkeğini Sahiplenme" Duygusu 39
I. Erkeği Sahiplenme Duygusu Kadının
Yapısına Aykırıdır 39
II. Erkeksi Özellikler "Sahiplenilmeye" İzin Vermez 39
III. Sahiplenme Duygusu "Dost" Olmaya Engeldir 40
IV. Sahiplik Duygusu, Kadının Erkekten Yeterince
İstifade Etmesine Engeldir 41
V. "Erkeği Sahiplenme Duygusu",
Erkekte, Özgürlüğünün Kısıtlandığı
Hissini Uyandırır 41

Bölüm 7
Ejderhanın İkinci Başı: "Kıskançlık Duygusu" 43

İÇİNDEKİLER 7

I. Eşini Ailesinden ve Çevresinden Kıskanmak 43
II. Eşini Başka Kadınlardan Kıskanmak 44
III. Erkeğin Sahip Olduklarını Kıskanmak 45
IV. Boş Yere Kıskanmak 45
Kıskançlığın Yakın Çevredeki Yansımaları 46
Kıskançlık Kadının Ölümüne Bile Yol Açabilir 50

Bölüm 8
Ejderhanın Alev Saçan Üçüncü Başı: "Aldatılma Duygusu" 51
Aldatılma Duygusunun Genel Özellikleri 51
Aldatılma Duygusunun Kadın Üzerindeki
Yıkıcı Etkileri 53
Aldatılma Duygusunun Kadına Kazandırdıkları 56

Bölüm 9
Aldatılma Karşısında "Birinci Kadın"ın Üç Yanlış Tepkisi 59
  A. "Birinci Kadın"ın Kendine Yönelik Tepkisi 59
  B. Eşine Yönelik Tepki 61
  C. Ötekine Tepki 62

Bölüm 10
Aldatılma Karşısında Kadın Ne Yapmalı 63
  A. Aslında Biri Yoksa! 63
  B. "Biri" Gerçekten Varsa! 64
  C. Büyük İhtimalle Erkeğiniz Kararsızdır, Çünkü; 67
  D. Güçlü Kadın Olmak İçin! 68
  E. Erkek, Kadında Dişiliğe Şartlandırılıyor 68
  F. Feminist Bir Çelişki 69
  G. Kadına En Kötü Tavsiye 69

Bölüm 11
Aldatmayla Suçlanan Erkeğin Psikolojisi 71
  A. "Biri" Yoksa Erkek Ne Yapar? 71
  B. "Biri" Varsa Nasıl Olur? 72
  C. Erkeğin, Bir Kadına Bulaşmadan Önce
  D. Bilmesi Gerekenler 72

Bölüm 12
Her Erkek, İki Kadın İster! ya da Bir Kadında İki Özellik..! .. 77
Erkekte "Öteki Kadın" İhtiyacı 78
Anne Olmak Yetmez! 78
"Beni Bıraksın da!" Demeyin 80
"Erkeğiniz Sizden Kaçıyorsa! 80

"Ben Bir Erkek Olsaydım!" 81
Duygular Elde Değil 81
Aşk Bir Hastalıktır! İlacı İse "Vuslat!" 82
Kadınların Duyguları Yok mu? 83
Eşini, "İkinci"ye Şikayet Eden Erkekler 84
Erkek İçin En Zor Karar 85
Dönsün Mevlana Gibi! 87
"Erkeğini Elde Tutma"nın Sırrı 88

Bölüm 13
"Öteki Kadın"ın Dayanılmaz Cazibesindeki Sır 89
   "Kadın!"; Çoğu Erkek İçin Büyük Motivasyon! 89
   Dünyadaki En Büyük İktidar Gücü 89
   Öteki Kadının Sırrı 90
   "Kadınlığını Kullanma"da "Öteki Kadın"ın Yedi Özelliği 91
   "Evdeki"nin Eksikleri, "Öteki"nin Artıları 93

Bölüm 14
"Öteki Kadın"ın Kimliği 97
   Bir Kadını "Öteki" Olmaya Sevk Eden Sebepler 97
   Öteki Kadın Tipleri 99

Bölüm 15
"Öteki Kadın" Olmanın Dezavantajları 103
   Erkekler Kadına Karşı Dürüst Değil! 103
   "Öteki" Olmanın Riskleri 104
   Bazı Dönemlerde Erkeğe Güvenmek Risktir 106
   İkinci Kadının "Birincileşme" Tehlikesi 106
   "Öteki'nin "Birinci"ye Teşekkür Borcu 107

Bölüm 16
"Öteki Kadın"ı Anlamak 109
   Önce; Hangi Tür "Öteki Kadın"? 109
   "Öteki"nin Erkekten "Pay" Alması 110
   "Öteki Kadın"la Konuşmak 112
   Kendinizi Anlamaya Çalışın! 114

Bölüm 17
Aldatılma Ortamında Çocuklar 119
   Evde Problem Konuşmanın Zamanı 120
   Keşke..! 122
   Çocukların Sahipliği 122
   Çocuğa Sahip Olmanın On Altın Kuralı 123

ÖNSÖZ

Nedir "öteki kadın"ın cazibesi?

Evde bir kadın varken ve o, çocuklarının annesi olmak gibi çok önemli bir konumda iken, ne oluyor da, erkekler bir başka kadının cazibesine kapılıp gidiyor?

Evlilik bir şekilde devam edip giderken, erkek bir kadına kapılıp, umulmadık değişiklikler göstermeye başlıyor.

Yıllardan beri kendine "eş"lik yapmış hanımını, çocuklarını terk etmesine, hatta anasını babasını kırmasına, icabında işini gücünü sıkıntıya sokmasına ve belki memleketini bile terk etmeyi göze almasına sebep olan cazibe..!

Bu, nasıl cazibedir ki, bu ölçüde fedakarlıklara ve herkesi şaşırtacak işlere sebep oluyor?

Ve bütün bunlara evdeki kadının katkısı var mıdır?

Bu çalışmada "öteki kadın"ı ve erkeği öteki kadına hazırlayan sebepleri, hayattan örneklerle okuma imanına kavuşacaksınız. Özellikle de, "evdeki kadın"ın ne gibi yanlışlarla erkeğini "öteki kadın"ın ittiğini göreceksiniz.

Bu kitap, ne "birinci kadın"ı incitmek, ne de "ikinci kadın"ı yüceltmek için yazıldı. Bir erkek ve onunla ilgili bulunan "iki kadın"ın psikolojisini gözler önüne sermeye çalıştık!

Amacımız; birlikteliklerin cehenneme dönüşmemesi için neler yapılması gerektiği ve nelerden kaçınılmasının şart olduğunu göstermektir.

Mutluluk dolu hayatlara vesile olması dileklerimizle.!
Buyurunuz!

BÖLÜM 1

*Erkeğin evini barkını terk etmesi için
"öteki kadın"ın cazibesi yetmez,
"evdeki"nin de itmesi gerekir!*

EŞLERİNİ "ÖTEKİ KADIN"IN CAZİBE ALANINA İTEN HANIMLAR

Kadınlar, birlikte oldukları erkeğin bir başka kadına ilgi duymasından rahatsız olurlar. Bu çok sık rastlanan bir şikayettir. İster evlilik öncesi dönemde; arkadaşlık, sözlülük, nişanlılıkta, ister evlilik süresince olsun kadınların bu konudaki şikayetleri bitmez.

Ancak hemen hemen hiç bir kadın, evde kendisi varken, erkeğinin bir başka kadına neden ilgi duyduğu konusunda kafa yormuyor.

Hangi sebepler erkeği bir başka kadına iter? Bir erkek, neden başka bir kadının cazibe alanına girmeye başlar? Bunun önüne geçilebilir mi?

Çoğu kadın bunu bilmez. Bilmedikleri için de çok fazla yanlışlık yaparlar. Bilgisizlik sonucu yapılan hatalar ise hem kendilerine, hem de birlikte yaşadıkları erkeğe zarar verir.

"Aldatıldığından şikayet eden kadınlar" çoğu zaman kendi elleri ile kocalarını başka kadınlara gönderirler de bunun böyle olduğunun farkında değillerdir.

İşin ilginç tarafı ikinci kadına ilgi duyan erkeklerin çoğu bunu evlendikten sonra yaparlar.

Evlenmeden önce, böyle bir eğilim göstermeyen kişi, elinin altında biri, yani "eş"i varken, neden bir başka kadına ihtiyaç hisseder?

Bu sorunun cevabını bulmak için, kadının kendindeki "üç yanlış"ı iyi anlaması gerekir.

Yanlış duygu, yanlış düşünce ve yanlış tepkilerle eşi tarafından itilen erkeği, bu itme gücü oranında, "öteki kadın", çekme şansını elde eder. Bir kadın, kocasını kendinden ne kadar soğutursa, "öteki kadın" da o oranda kendine ısıtma şansını elde eder. Yoksa, çoğu zaman öteki kadının cazibesi tek başına erkeği çekmeye yetmez!

Erkeği "Öteki Kadın"a İten "Birinci Kadın"dan 3x3 Yanlışlar

Kadının ve onunla yaşayan erkeğin mutsuzluğunda üç temel yanlış; evdeki kadının düşünceleri, duyguları ve davranışlarıyla ilgili.

Bizim toplumumuzda, bir erkeğe "eş" olmuş kadın, kafasında ve gönlünde, çocukluktan beri oluşmuş şartlanmalarla, mutsuzluğa hazırlanır.

Sonunda kadın, oturup mutsuzluğunu yaşarken, erkek, bilinçli ya da bilinçsiz, yeni arayışlara girer.

Kadını mutsuzluğa, erkeği "öteki kadına" hazır hale getiren sebepleri şöylece sıralamak mümkün:

A. Üç Yanlış Düşünce

- Kadının erkeğe bakışındaki yanlışlar
- Evliliğe bakışındaki yanlışlar
- Hayata bakışındaki yanlışlar

B. Üç Yanlış Duygu

- Erkeği sahiplenme duygusu
- Kıskanma duygusu
- Aldatılma duygusu

C. Üç Yanlış Tepki

- Kendini suçlama ve depresyon
- Eşini suçlama ve düşmanlık
- Ötekini suçlama

Kadını yanlışlara ve adım adım mutsuzluğa götüren düşüncelerin, duyguların ve tepkilerin nasıl ortaya çıktığını analiz edersek, evliliklerin neden cehenneme döndüğünü daha iyi anlama imkanına sahip oluruz. Belki, böylece mutluluğa götürecek yolları da keşfederiz!

BÖLÜM 2

Kadın, erkeğini kurtarıcı zannettiği müddetçe mutsuzluğa mahkûm bir zavallı olmaktan kurtulamaz!

ERKEĞİNİ "ÖTEKİ KADIN"A İTEN "BİRİNCİ KADIN"IN ERKEK HAKKINDA YANLIŞ DÜŞÜNCELERİ

Kadınlar, erkeği yeterince doğru tanımadıkları için nasıl davranılacağını da bilemezler. Amaçları, kocalarından ve onun vasıtasıyla hayattan umduklarını almak iken, çoğu zaman bu gerçekleşmez. Sonunda eşlerine de hayata da küser, hem kendilerini hem eşlerini bitirirler.

Kadını erkeğe karşı yanlış davranışlar içine sokan ve erkeğin uzaklaşarak gitmesine sebep olan düşünceler genellikle şu konulardan oluşur:

I. Erkeğini Değiştirme Düşüncesi

Kadınlar, evlenmeden önce kafalarında erkekle ilgili bir şablon oluştururlar ve erkeği de o yönde değiştirmek zorunluluğu hissederler. Bu sebeple, onun beğenmedikleri taraflarını her vesile ile öne çıkarmaya çalışırlar. Erkek ise buna karşı direnç gösterir.

Değiştirme çabaları, hanımı tarafından kabul edilmediği, beğenilmediği hatta aşağı görüldüğü şeklinde bir kanaat oluşturur.

Bunun kadına geri dönüşümü ise, kocasının kendisine yeterince değer vermediği ve isteklerinin önemsenmediği şeklindedir.

Burada çoğu erkeğin asıl hatası, evlenmeden önce evleneceği kızın tüm değişim isteklerine yeşil ışık yakmış olmasıdır. Evlenmeden evvel, iş olsun diye takınılan bu tavra, evlendikten sonra ihtiyaç kalmaz. Kadın, evleneceği erkeği hangi hal üzere buldu ise evlendikten sonra da büyük olasılıkla öyle kalacak diye düşünmeli ve ona göre karar vermelidir. Aksi beklentiler hayal kırıklığı getirmekten başka bir işe yaramayabilir.

❊❊❊

"Eşimi düşündükçe içimden nefret geliyor. Onu bir yolculukta tanımıştım. Benden çok, o istemişti evlenmeyi. O kadar çok istedi ki, öne sürdüğüm her şeyi kabul ettiğini söyledi. Evlenelim, değişirim diyordu. Ben kural koydukça o alttan alıyordu. Evlendikten sonra hiç bir şey değişmediği gibi daha kötü oldu.

'Sen aptalsın!' diyor. Benim saflığımı, iyi niyetimi geri zekâlılık olarak yorumluyor. Hep kendi havasında. Zaten ailesi de evliliğimizi onaylamamıştı.

Aslında benim sosyal çevrem çok iyi, başkalarının benim başarılarımdan söz etmelerini hiç çekemiyor. Benim de okumuş olmam, hele de çalışıyor olmam ona çok ağır geliyor. Üstünlük taslamaya çalışıyor ama üstün olduğu hiç bir konu da yok, erkekliğinden başka!

Kimseye gitmeyiz. Varsa yoksa arkadaşları, annesi! Ben hiç yokmuşum gibi davranmaktan vazgeçmiyor. Artık onunla yapamayacağımı düşünüyorum."

II. Erkeği Yönetme Düşüncesi

Kadınlar, erkekleri yönetmeye hevesliler. Ancak erkekler, kadınlar tarafından yönetilmekten hoşlanmazlar. Onlar, liderler gibidir; fikirlerine karşı çıkılmasını ve akıl veriliyormuş gibi davranılmasını sevmezler. Öğüt verir tarzdaki konuşmalardan sıkılırlar.

III. Erkeğin Özel Hayatını Sınırlamaya Kalkışmak

Birlikte olduğu erkeği kontrol etmek zorunda olduğunu düşünen kadınlar, hep sorgulayıcı tavırlar sergilerler. Halbuki; "Nerede idin?", "Kiminleydin?", "Nerede kaldın?" gibi, erkek için can sıkıcı sorular sorarlar.

Çoğu erkek bu sebeple, üzerinde baskı varmış hissine kapılır. Bu hisle, gizleyeceği bir şey olmasa da, sanki bir şeyler saklıyormuşçasına cevap vermek istemez.

Kadın, denetlemeye, sorgulamaya ve yargılamaya çalıştığı hissini uyandırdıkça, erkek ondan uzak durmak ister.

IV. Eşine Karşı Haklı Çıkma Hevesi

Kadınların pek çoğunun eşlerine karşı haklı çıkmaya çalıştıkları görülür. Halbuki, onlar kadınlarının kendilerine karşı haklı çıkmalarından çok rahatsız olurlar. Yaptıkları yanlışlıklardan ya da uğradıkları kayıplardan sonra bile hanımların bu tavırları karşısında sinirlenirler. Kaybettiklerini gözleri görmez, acısını eşlerinden çıkarırlar.

V. İsteklerini; Sitem, Şikayet ve Tartışmayla Elde Edebileceğini Zannetmek

Kadınlar, erkekten almak istediklerini ya da onun tarafından yapılmasını arzu ettiklerini, bu üç yolla elde edebileceklerini zannederler. Bu yollarla, değil istediklerini ya da daha fazlasını elde etmek, hali hazırda aldıklarını da alamaz olurlar.

Çoğu erkek pohpohlanmaktan hoşlanır. Dolduruşa getirilerek harekete geçirilir. Teşvik, taktir etmek ve övmek en etkin yoldur. Erkeği kadın için verimli hale getirmenin en kolay yolu bu iken, sık sık tartışan, şikayet ve sitem eden kadın, eşi için son derece itici görünür.

VI. Erkeğin Evlenmeden Önceki Tavrının Evlendikten Sonra da Aynı Kalacağını Sanmak

Evlenmeden önce, bir erkek evlendiği kadına tüm gerçekliği ile görünmez. Kadın ise onu abartılı görmeye meyillidir. Hem kadının abarttığı, hem de erkeğin abartılı görünmeye çalıştığı bu dönemde iltifatçı, konuşkan, ilgili, istekli, arzulu ve coşku dolu olan erkek, evlendikten bir süre sonra farklılaşır.

Çünkü, erkeğin evlendikten sonra kendini beğendirmek gibi bir ihtiyacı kalmaz. Arada gelişen birtakım negatif duygularla da çoğu zaman daha ciddi, somurtkan, az konuşan, huysuz bir hal alması ve anlamaz, dinlemez hale gelmesi kadın için şaşırtıcı olur. Bu şaşkınlıkla mutsuz olan kadının mutsuzluğu erkeği uzaklaştıran bir faktör olarak karşımıza çıkar.

VII. Çocukların Babaları Tarafından Cezalandırılmasını İsteyerek "Aciz Anne" İmajı Vermek

Bu da, erkeği evden ve kadından uzaklaştıran önemli bir sebep olabilir.

Çoğu anne çocuklara nasıl davranacağını, onları nasıl eğiteceğini yeterince bilmez.

Çocuk yetiştirmek gibi, dünyanın en önemli işi, çoğunlukla bu konuda hemen hemen hiç bir eğitim almayan kişilerin, yani tecrübesiz ve bilgisiz annelerin elinde olmaktadır. Bilgisizliği, tecrübesizliği ve eğitimsizliği sonucu çaresiz kalan anneler çocuklarını babaları ile tehdit ederler.

Çocukların babaları tarafından cezalandırılmasını isteyen kadının yanında erkek kendini iyi hissetmez. Çocuğa bağırıp çağırmak zorunda bırakılan baba, annelerine karşı da olumlu tavır gösteremez. Hıncını bu yolla çıkarmaya çalışan kadın, esen rüzgârlardan nasibini alır.

Sık sık şikayet eden anne, hem çocukları kendinden soğutur, hem de eşinin gözünden düşer.

Onlar, babaların fizik gücünden istifade etmeyi çare olarak görmenin kolaycılığına kaçarak evi sevimsiz ve huzursuz hale getirdiklerinin farkında değillerdir.

VIII. Sadece Dişiliği ile Erkeğin Gönlünde Taht Kuracağını Sanmak

Erkeklere kendilerini dişilikleri ile beğendireceklerini düşünenler bunda çok da haksız sayılmazlar.

Ancak bir kadın erkeğin ilgisini dişiliği ile çekmeyi başarsa da, onun gözünde ve gönlünde bununla kuracağı tahtın uzun ömürlü olması mümkün olmaz.

Tek başına dişilikle kurulan taht, yine zaman içinde azalan dişilik özellikleri yüzünden sarsılabilir. Göze girmeye sebep olan dişilik ise, gözden düşmeye sebep o olur.

Dişilik yanında daha uzun süreli bir dayanak olacak olan kişilik ihmal edilirse sonunda kaybeden kadın olur.

IX. Erkeği Baskı ve Kontrol Altında Elde Tutacağını Zannetmek

Hanımının bakışlarını sürekli üzerinde hisseden koca huzursuzdur. "Niye öyle söyledin?", "Ona niye güldün?", "Filanla konuşurken ne demek istedin?" gibi sorularla muhatap olmamak için, erkek mümkün olduğunca eşi ile çıkmaktan kaçınır. Yalnız ya da başkaları ile çıkmayı, onlarla eğlenmeyi tercih eder.

Baskı ve kontrollerle elde tutacağını zannederken, zaman içinde tam tersi olur, erkek giderek eşinden uzaklaşır.

X. Cinselliği Bir Görev Gibi Algılamak

Cinsellik tuvalet ihtiyacı gibi değildir, duygu ister. Bir çok kadın ve erkek bu konuda karşıdakini memnun etmeyi bilmez. Kadınlar, erkeğin sadece kendini düşündüğünü sanır ve soğuk davranır. Bu ise erkeğin zaman içinde ilgisinin azalmasına ve heyecan duymamasına sebep olur. Birliktelik iki taraf için de tatsız bir hal alır.

❀❀❀

"Eşim bana hep 'sen bu işi bilmiyorsun' diyor.

Ben de kendisine; 'beni, gittiğin o kötü kadınlarla kıyaslama. Ben bu işin eğitimini almadım, benden bu kadar. Başkasını bilmem' diyorum; bana kızıyor.

Hep kendini düşünüyor. Bende heves bırakmadı ki!"

BÖLÜM 3

Evliliğin geleceği, geçmişin iplikleri ile dokunur.

"BİRİNCİ KADIN"IN EVLİLİĞE BAKIŞTAKİ YANLIŞLIKLARI

"Bade Harab'ul Basra..!"

"Basra kuşatılır, şehir aylarca muhasara altında kalır. Kaleyi ele geçirmeyi bir türlü başaramayan düşman komutanı her gece surların etrafında, şehre girebilmenin bir çaresini bulmak için dolaşır.

Kralın kızı da zaman zaman surların üzerinde gezip, aşağıdaki orduyu ay ışığı altında merak ve korku dolu bakışlarla seyretmekteyken, bir gece, aşağıdaki düşman komutanı ile göz göze gelirler. Kız heyecanla içinde bir şeylerin kıpırdadığını hisseder. O geceden sonra artık prensesin gözüne uyku girmez. Her gece surların üstünde, komutanın dolaşacağı zamanı sabırsızlıkla beklemeye, onunla bakışlarla da olsa birlikte olmaya can atar.

Gönlü onunla dolu, beyninde başka hiç bir şeye yer yok, gözü hiç kimseyi görmez haldedir. Sonunda kimseye görünmeden, komutanla konuşacak bir yer bulur.

Ve bir gece kalenin kapısını gizlice açıp onu içeri alır. Arkasından da düşman ordusu şehre dalar. Prenses şehrin işgal edilmesine ve kral olan babasının yenilmesine sebep olmuştur. Ama o sevdiği erkekle evlenmiştir, mutludur. Eşinin güçlü kolları arsında geçirdiği geceler onun kendini mutlu sayması için yeterlidir.

Ancak daha sonraları kocasının ilgisinin giderek azaldığını ve davranışlarının kabalaşmakta olduğunu hissetmeye başlar. Eşi, şehir halkına da çok kötü davranmaktadır. Huzursuzluklar tartışmalara, tartışmalar kavgalara dönüşmeye başlayınca, eski kralın prenses kızı çok pişman olur. Onu en çok düşündüren de, bu durumu babasına nasıl anlatacağı konusundadır.

Sonunda bütün cesaretini toplayıp babasının huzuruna çıkar. Ona ne kadar mutsuz olduğunu, eşinden boşanmak istediğini de anlatır. Şehrin kapılarını kendisinin düşmana açtığını, bundan dolayı korkunç bir üzüntü duyduğunu özür dileyerek itiraf eder. Babasından af diler.

Babasının başını yana çevirip, bakışlarıyla uzaklara dalıp giderken ağzından şu kelimelerin döküldüğü işitilir:

"Bade harab'ul Basra!" Yani; "Basra harap olduktan sonra..!"

EVLİLİĞE YANLIŞ BAKIŞLAR

Evliliğe bakışla ilgili olarak kadını hızla mutsuzluğa götüren ve erkeğin başka taraflara kaymasına sebep olan yanlışlıkları şöylece ele almak mümkün:

I. Evliliği Sadece Bir "Fert"le Birliktelik Olarak Algılamak

Çoğu bayan, evliliği bir fertle hayatını birleştirmek olarak düşünür. Erkekle ilgili bir çok şeyin hesaba katılması gerektiğini düşünmez. Bu yanılgı ya da eksik bakış, evliliklerde hayal kırıklıklarının en önemli sebebidir.

Evlenmeye karar veren kişi, sadece bir ferdi değil, aynı zamanda bir aileyi, sosyal çevreyi, bir yöreyi, bir kültürü, bir inancı hayatına sokmak durumundadır.

Erkeğin ailesi, sülalesi, yöresi, inancı.. Aynı şekilde alışkanlıkları, sosyal ve siyasal çevresi, mesleği, hatta arkadaş grubu, cemaati bile önem arz eder.

Kişilik özellikleri, damak zevki, temizlik alışkanlıkları, yetiştiği aile ve sosyal çevre içindeki iletişim tarzı dahil olmak üzere bir çok faktör, birlikteliğin kalitesini tayin edecektir. Çünkü, evliliğin geleceği, geçmişin iplikleri ile dokunur.

❖❖❖

"Biz birbirimiz severek evlendik. O bir yabancı. Uzun yıllardır ailesi burada yaşıyor. Kendisi zaman zaman ülkesine gidip gelir. Evlenirken ailem de fazla ses çıkarmadı. Ama ben yıllar içinde ne büyük bir hata yaptığımı anladım.

Hıristiyan ama uygulamada bir dinî tercihi yok. İki çocuğumuz var. Nasıl yetiştireceğime karışmıyor. Bize ses çıkarmaması bana yetmiyor.

Belki çok dindar sayılmam ama Ramazanlarda ailem oruç tutardı, ben de tutarım. Önceleri pek fark etmedim ama şimdi bana çok garip geliyor. Özellikle Ramazanlarda kendimi iyi hissetmiyorum, içimden hep ağlamak geliyor.

Hayat bana çok tatsız, evliliğimiz de çok yapmacık gelmeye başladı. Huzursuzum, anlamsız bir birliktelik içinde olduğumu düşünüyorum. Çocuklar büyüdükçe babalarının etkisine giriyorlar gibi geliyor bana. Onların da inançsız olmasın-

dan ciddi ciddi endişe etmeye başladım. Bu düşünceleri kafamdan atamıyorum. Bir çare de bulamıyorum."

II. Eş Seçiminde Ailelerin Onayını Küçümsemek

Çoğu genç kız evlilikte ailelerin onayına önem vermez. Hatta bazıları, onları zorlarlar. Halbuki evlenmeye karar verirken ailelerin gönülden onayı son derece önemlidir. Kurulacak birlikteliğin devamlılığı biraz da buna bağlıdır.

Özellikle erkek tarafının desteği, kadınlar için ayrı bir önem arz eder. Kadın, eşi ile problem yaşamaya başladığında, ona erkeğin ailesinin destek çıkması şarttır.

Bunun için, erkeğin ailesinin, kızı, hem baştan istemesi, hem de sonradan sevmesi önemlidir. Aksi halde, en ufak bir problemde destek çıkmayacakları gibi, delikanlıya; "Biz sana söylememiş miydik, bu iş olmaz diye! İşte bak, anlaşamadınız!" der ve sizi üzerler.

Bunun yanında kızın kendi ailesinin onayı da şarttır. Çıkabilecek problemlerde onların yanına gitmeye cesaretinin olması gerek.

❋❋❋

"O kadar mutsuzum ki, sürekli ağlıyorum. Mahvoldum. Evleneli bir hafta oldu. Ne yapacağımı, nereye gideceğimi bilemiyorum. İntihar etmekten, hayatıma son vermekten başka çarem yok. Meğer eşim uyuşturucu kullanıyormuş. Böyle bir şey olabilir mi? Damarlarına eroin enjekte ediyor. Üçüncü gün anladım. Kolları delik deşik. Beynimden vurulmuşa döndüm. Bana da iğne yapmak istedi. Şiddetle karşı çıktım. Tartıştık, beni çok kötü dövdü.

Ailemin yanına da dönemem. Onunla evlenmemi hiç istememişlerdi. Vermezseniz kaçarım demiştim.

Şimdi ben ne yapacağım. Bir de beni tehdit ediyor. Ailesi biliyormuş, belki bu yüzden, babası nikahımıza gelmemişti!

'Ayrılamazsın!', 'Öldürürüm!' diyor. Ondan habersiz geldim. Öyle çaresizim ki! Ne olacağımı bilemiyorum! Hiç bir şey düşünemiyorum. Allah'ım bu ne büyük bela!"

III. "Ölümüne Evlilik!" Anlayışı

Pek çok genç kız, erkeği eş olarak kabullendiği andan itibaren, "Katolik nikahı" gibi "ölüm bizi ayırana dek" anlayışı içine girer. Hatta bazıları öldükten sonra bile cennette birlikte olacaklarını düşünürler.

Şüphesiz ki, ayrılmak üzere evlenilmez; ama bu hiç bir şekilde, her ne olursa olsun, asla ayrılmanın düşünülmeyeceği anlamına da gelmez. Birliktelik bir tarafın ya da her iki tarafın aleyhine işlemeye başlamışsa ve düzelme umudu da gözükmüyorsa, baştan verilmiş bir karara bütün bir ömrü heba etmenin manası yoktur. Evliliklerin ölüm olmadan da bir şekilde sona erebileceği ihtimaline karşı baştan hazırlıklı olmak gerekir.

* * *

"Ben onunla cennette de birlikte olacağız diye düşünürdüm. Bana çok eziyet etti. Çok yalanını yakaladım.

Bizde ayrılmak yoktur. Geri dönemezsiniz. Boşanma çok büyük ayıp olarak görülür. Babam 'ben hayatta iken asla bu eve gelemez' demiş.

Her zaman başkaları oldu. Ben bunu asla engelleyemedim. Çok sıkıştırdığımda yeminler de etse, çok geçmeden gene aynı şeyleri yapmaktan geri durmuyor.

Ağlıyorum, sıkılıyorum. Bazen yaşamak ne kadar anlamsız geliyor bilemezsiniz!

Öyle vaatlerde bulunmuştu ki! Her şeye rağmen 'gideceğim' dedim. En son bayramdan önceki gün otogardan geri döndürdü beni. Yine söz verdi, 'bir daha olmayacak' diye! Bayramın üçün-

cü günü tekrar mesajlarını yakaladım. Ne yapacağımı bilmiyorum, çok yorulduğumu hissediyorum. Çok çaresizim."

IV. Erkeklerin Evliliğe Hazır Olduğunu Sanmak

Çocukluğundan beri, oyunları, oyuncakları, çeyizleri, sohbet konuları ile eş olmaya hazırlanan kızlar, evliliğin kurulmasında da yürütülmesinde de erkeklerden ileri bir seviyededir.

Erkekler ise evlenir ama hâlâ evli değilmiş gibi davranırlar.

Kimse bir erkeği, kadına ya da evliliğe hazırlamadığına göre kadın, bunu kendisi yapacaktır. Evlendiği erkeği istediği şekle sokmak ve onda evlilik sorumluluğunu geliştirmek, onu eve bağlamak sanatkârâne bir ustalıkla yapılması gereken bir iştir. Yoksa erkek, kendini kısıtlanmış hissederek evlendiğine pişman olabilir.

V. Erkeğin, Hayatın "Rengi" Olarak Baktığı Evliliğe, Kadının, "Hayatın Anlamı" Olarak Bakması

Erkek için evlilik, birtakım ihtiyaçları karşılayacak ve kendisi için hayatı kolaylaştıracak birini bulmaktır. Rahat yaşamak için; "kadınlı" bir hayat, "kadınsız" bir hayattan daha iyi görülür.

Halbuki kadınlar, evliliği hayatın neredeyse vazgeçilmez anlamı, yani hayata gelişin gayesi olarak görürler. Bu anlayışın sonucu olarak da kadınlar için, bu hayattan bütün beklentiler evliliğe endekslenir.

VI. Evliliği "Kurtuluş" Olarak Görmek

Evlilik öncesi içinde yaşanılan aile ortamının sıkıntılı olması da kadınların evliliği bir anlamda kaçıp kurtulmanın vasıtası olarak görmelerine sebep olur.

"BİRİNCİ KADIN"IN EVLİLİĞE BAKIŞTAKİ YANLIŞLIKLARI 27

Halbuki yapılan istatistikler gösteriyor ki, bu ülkede kadınların % 58'i kocalarından dayak yiyor. Dolayısıyla huzursuz bir ortamdan kurtulmak için adeta kaçarcasına evliliğe karar veren bir bayanın bilmesi gerekir ki, gideceği ortam da problemli olabilir.

"Evli kadınların yüzde kaçı eşleri ile evlendiğinden dolayı mutlu olduğu kanaatindedir?" diye sorulacak bir soruya verilecek cevaplar iç açıcı olmaz. Memnun olanların oranı % 10-15'i geçmez. Dolayısıyla evliliği bir kurtuluş olarak görmek isabetli değildir.

Kadın evleneceğim diye can atmamalı, evlendim diye de kendini kurtulmuş sanmamalı. Kadının, hayatın gerçekleri ile baş edecek özelliklerle donanmanın yollarını bulması gerekir.

***

"Annem babamla sürekli kavga ederdi. Küfürlerle, bağırtılarla, kavgalarla büyüdük. On altı yaşında evden kaçtım. Başıma gelmeyen kalmadı. Bunu kolay kolay kimse yapamaz; kaç gece inşaatlarda yattım. Babam gözüme hep düşman gibi göründü. Önceleri, 'evden gideyim de, ne olursa olsun!' diyordum. Sonra bunun ne kadar yanlış olduğunu gördüm. Kötü bir hayata doğru hızla sürüklenmekte olduğumu anladım.

Eniştem bile benden istifade etmeye kalkıştı.

Önümde iki yol vardı; ya sokakların kadını, ya da kim olduğuna bakmadan beni bu hayattan kurtaracak bir erkeğin karısı olacaktım. Evlenmeye karar verdim. Evlilik benim için tek çare gibi görünüyordu.

Ben çok cesur biriyim ama kimsesizlik öyle zor ki! Hele, bir inşaatın kuytu bir köşesinde kıvrılıp yalnız yatmak! Bunu yaşamamış olan asla bilemez.

İlk isteyenle evlendim. Daha doğrusu evlendirdiler. Üstelik eşimin ailesi de istemiyormuş.

Belki bütün suç bende değil ama sonunda ben mutsuz oldum. Eşim güya beni severek aldı. Ona mahkûmum. O ise, dilediği gibi yaşıyor. Var mıyım, yok muyum umurunda değil."

VII. Evliliği "Paylaşma" Zannetmek

Kadınlar evliliği, bir erkekle "hayatı paylaşma" olarak görmeye meyyaldir.

Halbuki, erkekler bir kadına ilgi duymaya başladıkları zaman, sahip olduklarını ya da olacaklarını biri ile paylaşmak arzusu ile yola çıkmazlar.

Kadınlar hangi yaşta olursa olsunlar, bir erkekle birliktelik söz konusu olduğu andan itibaren, erkeğin sahip olduklarını ve sahip olacaklarını kendisi ile paylaşacağını düşünürler.

Erkek ise, kadına verdiklerini kadının hakkı olduğunu değil, daha çok bir lütuf olarak düşünürler.

Çoğu kadın, eşinin harcadığı her kuruş karşısında, kendine ait bir şeyin kendi rızası olmadan elinden alınması gibi bir sıkıntı duyar. Erkek de bunu kendisine müdahale olarak görür. Bu sebeple de, yaptığı işlerde ve harcamalarından eşine bahsetmemeyi yeğler.

❋❋❋

"33 yıldan beri saçımı süpürge ettim. Hizmette kusur etmemeye çalıştım. Hiç bir zaman istediğim gibi bir karşılık görmedim. İlk zamanlarda ayrılmak istedim, babam; 'akıllanır, sabret!' dedi. Boşuna ömrümü tükettim. Ne akıllanması, giderek daha huysuz ve çekilmez oldu çıktı. Beni hep hizmetçi gibi kullandı. Saçım ağardı, dişlerim döküldü.

Bir evimizi kiraya vermiştik, kiracı çıktı, berbat etmiş evi. Eşim, 'boyatacağım' dedi. Ben de 'önce bir temizlikçi tut, temizlet, sonra boyat' dedim; küplere bindi.

'Sen benim malıma ne karışıyorsun? İstediğim gibi yaparım! Sana ne?' diye bağırdı durdu.

Ben de; 'Sadece senin malın mı? Ben burada neci oluyorum?' deyince iyice çileden çıktı. 'Çalıştın da, alnının terini mi sildin ki, senin malın oluyor?' diye ortalığı yıktı."

VIII. Erkeği Yeterince Tanımadan Evliliğe Karar Vermek

Evlilikler, genellikle karşı taraf yeterince tanınmadan verilen kararlar sonucu gerçekleşir. Buna sebep de duygusallığın ön planda olmasıdır. Bu ise kararın isabetsizliğinde önemli rol oynar.

IX. Çok İnce Elenip Sık Dokumanın Sonunda Geç Verilen Kararlar

Aşırı beklenti içinde olup, ince eler sık dokurken yıllar geçince, evde kalmışlık psikolojisi ile verilen kararlar da sıkıntı doğurabilir.

Kaçırma korkusu ile son trene atlarcasına binmek de iyi sonuçlar getirmeyebilir.

X. Evliliği Gereğinden Fazla Ciddiye Almak

Evlenmek ve eşini sevmek konusunda erkekler kadınlardan çok geridedir. Bu sebeple de çoğu kadın evliliği erkekten daha fazla ciddiye alır. Bu ciddi görüntü erkeğe ağır gelir.

* * *

"Kendimi çok kötü hissediyorum. Sevilmek istiyorum, eşimin beni sevdiğini bilmek, hissetmek benim de hakkım. Ama banimle hiç bir şeyi paylaşmayan birinin beni sevdiğine nasıl inanırım!

Hep ben çaba harcıyorum. Çaba harcadıkça da elime bir şey geçmediğini görünce daha çok yoruluyorum.

Pişmanım, onunla hiç evlenmese miydim diye düşünüyorum. Hiç bir zaman ruhen benimle olmadı. Hiç yanımda değil. Yan yana otururken bile, fersah fersah uzaklarda olduğunu hissediyorum. Ona ulaşamıyorum."

XI. Boşanmayı Evlilik Öncesine Dönüş Zannetmek

Gerektiğinde boşanmak da en azından evlenmek kadar önemlidir. Bazı kadınlar evlendikten sonra, umduklarını bulamayınca, ayrılmayı gündeme getirirler. Çoğu zaman bu, ayrılmayı gerçekten düşündükleri için değil, bir tehdit olarak söylenir.

Bir kere evlendikten sonra boşanmanın, evlilik öncesi şartlara dönmek olmayacağı açıktır. Boşanmayı sık sık gündeme getirmek erkeği soğutmaktan başka bir işe yaramaz.

BÖLÜM 4

Keşke mevsimler hep bahar, insanlar hep genç olsaydı.

HAYATA HATALI BAKIŞ

Erkekler hayata, kadınlar erkeğe hazırlanıyor!

Erkekler hayata hazırlanırken, kız çocuklarının doğdukları andan itibaren hayat yerine erkeğe hazırlanmaları, hayatları boyunca tüm davranışlarını etkileyen en önemli faktör.

Kadın-erkek ilişkilerinin temelinde her şeyden çok bu çelişki yatar.

Bu çarpıklığın irdelenmesi kadınların hayata bakışlarındaki sıkıntıları anlamak için gerekli ve belki de yeterli.

I. Hayata, "Karşı Cins"le Sınırlı Bakmak

Okutulmadan, eğitilmeden; bir erkekle "baş göz" edilmek üzere büyütülen kızlar, ister istemez hayatın tek anlamının evlilik olduğu gibi bir şartlanma içine girerler. Böyle olunca da, hayatın başka anlamlarının olduğunu düşünmeleri mümkün olmaz.

Erkek olmadan da bu hayatın kadınlar için yaşamaya değer olabileceğini görmek ve onlarsız bir hayat düşünmek oldukça zor hale gelir.

Bu ise, kadının istismarına ve yanlışlara zemin oluşturur.

II. Hayattaki Tüm İyilikleri Erkekten Beklemek

Hayatı, evliliğe bağlı gören kadınların doğal olarak hayattan bekledikleri de erkekle ilgilidir. Böyle bir bakış içinde bulunan kadın, hayatı ve hayattan alınabilecekleri eşinin taktiri, imkanları ve yetenekleri ile sınırlandırmış demektir.

Bu durumda, erkek bazı imkânlara erişecek ki, kadın da bundan istifade ederek kendini mutlu sayabilsin. Tabii ki, erkek elindeki imkânların kıyısından, köşesinden koklatırsa!

III. Hayatı Kadınlığa Mahkum Görmek

Kadın olarak hayata gözlerini açan bir insan yavrusu küçücük yaşından itibaren hep dişiliği ön plana çıkarılarak yetiştirilirse, kendinde başka yeteneklerin olduğunu bilemeden büyür.

Elindeki tek imkânın dişilik olduğunu sanan kadın, beğenildiği, ilgi gördüğü oranda mutlu olmaktan başka bir şansa sahip olamaz. Bu ise, erkek olmadan olmaz.

Kadınlık sadece dişilikten ibaret olursa, dişilikte eksiklik önemli bir problem olacağı gibi, yaş ilerleyip de dişilik fonksiyonlarında gerileme başlayınca, kadın önce kendi kendisinin gözünden düşer. Sırf dişilikten dolayı karısını değerli bulan erkeğin de ilgisi azalır.

IV. Kadınların, Hayatın Zorlukları ile Doğrudan Yüzleşmekten Uzak Olması

Genellikle kadınlar hayatın gerçekleri ile bizzat yüz yüze gelmezler. Bu, eşleri vasıtasıyla, yani dolaylı olarak gerçekleşir.

Her istediklerinin ayaklarına getirilmesine alışmış olanlar, dışarıdaki yaşamın ne derece acımasız ve zorluklarla dolu olduğunu bilemezler.

Hayatın gerçekleri ile doğrudan temas etmedikleri için de bir çok şeyin çok kolay olduğunu sanmaya meyillidirler. Bu ise eşlerin birbirini anlamalarına engel olur.

V. Hayattan Abartılı Beklentiler İçinde Olmak

Kadınlar genellikle hayatı daha iyi yaşamak için evlenirler. Evlilik, "hayatın zorluklarını birlikte omuzlamaktır" dense de bu çoğunlukla laftadır. Beklentiler hep yüksek tutulur.

Evleneceği erkeği kendisi için bir imkân olarak görme temayülü, onu olduğundan yüksekte görmeye sebep olur.

İki taraflı gelişen abartma ile gerçekleşen evlilikte, kadınların hayattan fazlaca beklentiler içine girmesi sonucu gelişen hayal kırıklığı kadında, kandırıldığı, aldatıldığı kanısını uyandırabilir.

VI. Evlenmekle Her Şey Hallolacak Zannetmek

Kadınlar evliliğe şartlanarak yetiştiklerinden, hayatı daha iyi ve kaliteli yaşamak için başka gayretlerden uzak kalmaya eğilimli olurlar. Okumak, meslek sahibi olmak ve çalışmak çok da gerekli görülmez. Bu ise, kadını fiilen erkeğe mahkûm eder ve hayattan koparır.

Okumamış, mesleği ve işi olmayan kadınların erkek karşısında kendini savunacak ve hayatın zorlukları ile tek başına mücadele edecek gücü yok demektir.

Her şeyiyle kendine bağımlı olarak gördüğü kadını küçümseyen ve de çok değerli bulmayan erkek karşısında kadın, eşinin kendisine yeterince değer vermediğinden yakınıp duracaktır.

VII. "Ev"e Bakıştaki Farklılıklar

Farklı hayat algılamalarına bağlı olarak, kadınlar, evlerini "işyeri" gibi görürken, erkekler "dinlenme yeri" olarak bilir; oldukça rahat ve dağınık davranmak isterler.

Eve rahatlamak üzere geldiğinde, kadın, ona problemleri ve yapılacakları sıralarsa... "Orayı dağıtma", "burayı elleme", "şuraya oturma", "yatma-kalkma" derse erkeğin huzuru kaçar; evden de, evdekilerden de soğur.

BÖLÜM 5

"Erkeğini sahiplenme", "kıskançlık" ve "aldatılma" duygularını içinde barındıran bir kadın, bu duyguların şiddeti oranında mutsuz olmaya mahkûmdur.

ÜÇ YANLIŞ DUYGU, KADININ İÇİNDEKİ ÜÇ BAŞLI EJDERHA: "SAHİPLENME", "KISKANMA" VE "ALDATILMA" DUYGULARI

Evli olsun, olmasın; bir erkeğe ilgi duyan veya yakın olan bir kadını hasta eden, erkeği de bir başka kadına iten duygular.

Bu duygular kadını içten içe yiyip bitirmekle kalmaz, dünyaya geldiğine bile pişman eder.

"Erkeğini sahiplenme", "kıskançlık" ve "aldatılma" duyguları içinde olan bir kadın, bu duyguların şiddeti oranında mutsuzdur.

Kadında bu üç duygunun fazlalığı oranında erkeğin de mutlu olması zordur.

Bu canavar duyguları biraz daha yakından tanımadan önce henüz evlenmemiş olanlara bir tavsiye!

İçinizde Bu Duygular Varsa, Kadınlar!
Gelin Kendinize Bir İyilik Yapın; Hiç Evlenmeyin!

Evleneceğiniz erkekle ilgili olarak, içinizde; onu "sahiplenme", "kıskanma" ve "aldatılma" duygusu var olacaksa evlenmeyi hiç düşünmeyin!

Bu duygularla mutlu olmanız da, karşınızdakini mutlu etmeniz de asla mümkün değildir. Ne kendinizi yakın, ne de karşınızdakini!

Bu canavar duyguların oluşmasına mani olamayacaksanız, sizden doğacak çocukların da sağlıklı bir psikolojiye sahip olması, dengeli bir ruh haline erişmesi son derece zordur.

Gelin kendinize bir iyilik yapın! İsterseniz siz hiç evlenmeyin! Çünkü üç başlı ejderha sizi bekliyor!

Eğer evli iseniz, önce bu duygularınızı bitirin! Yoksa evliliğiniz biter! Evliliğiniz bitmese bile siz kesin bitersiniz! Neden mi?

Kendilerini "Üç Başlı Ejderha"ya Kurban Veren Kadınlar

"Eski zaman masallarında ejderhalar vardı, üç başlı ejderhalar. Üç başın ağzından da alevler saçılırdı.

Halk bu canavarların gazabından kurtulmak, canlarını mallarını, bağlarını bahçelerini korumak için, her yıl krallığın en güzel bakiresini kurban verirlerdi ona.

Ejderha yılda bir kere gelirdi. Geleceği gece önceden bilinirdi. O geldiğinde, ya en güzel bakireyi kurban olarak alacak ya da her tarafı yakıp yıkacak!

Ejderhanın yolu üzerine bırakılan harikulade güzel kızlar, korku ve dehşet içinde beklerlerdi canavarın gelmesini. Kendi ailelerinin de, halklarının da kurtulması için çaresiz razı olurlardı üç başlı ejder tarafından yenilip yutulmaya!

Geçmiş zamanlarda canavarlar masallardaydı, ya şimdi? Şimdi ejderha kadınların içinde!

Masalların bakireleri yerinde şimdi bütün kadınlar!

Bu zamanın kadınları ejderhalarını kendi içlerinde besliyorlar!

Kendilerini hazırlıyorlar, bir ejderhaya hazırlanır gibi! Bir erkeğe meftun, gönüllü kurbanlar!

"Sahip olma" duygusunun dayanılmaz yorgunluğu, dinmeyen "kıskançlık" ateşinin kavurucu alevleri ve "aldatılma" korkusunun uykuları haram eden dehşeti içinde, her yaştan kurban kadınlar!

Çevrenin ve toplumun telkinleri ile içlerinde besleyip büyüttükleri bu üç başlı ejderhaya kendini kurban vermeyen kadın yok gibi!

Erkekler de sevip beğendikleri, alıp çocuklarının annesi yaptıkları kadınların içindeki bu üç başlı ejderha yüzünden, her gün biraz daha eriyip tükendiğini görmenin dayanılmaz çaresizliği içinde uzaklaşıp gidiyorlar başkalarına doğru, arkalarına bakmadan!"

BÖLÜM 6

Kadın, erkekten zekâsının yüksekliği oranında istifade eder, düşüklüğü oranında sahiplenir.

EJDERHANIN İLK BAŞI: "ERKEĞİNİ SAHİPLENME" DUYGUSU

Kadının mutsuzluğunun temel taşlarından biri de bu duygudur. Halbuki bu duygu kadına göre değildir. Onun buna gücü yetmez. Israr ederse kendini yıpratır.

I. Erkeği Sahiplenme Duygusu Kadının Yapısına Aykırıdır

Erkeğin kadınla ilgili duygusu "sahiplik", kadının erkekle ilgili duygusu ise "aidiyet"e daha uygundur. Erkek, sahiplik duygusu ile "kadının sahibi" olduğunu hissederken, kadında buna uyumlu olabilecek duygu, kendini "erkeğe ait hissetme" olabilir. Çünkü erkeğin yapısına uygun olan "sahiplik", kadının yapısına uygun olan da "aidiyet"tir.

İki tarafta da sahiplenme duygusu varsa çatışma çıkacak demektir.

II. Erkeksi Özellikler "Sahiplenilmeye" İzin Vermez

Kadında olması gereken, erkeğe "ait olma" duygusuna karşılık, erkekteki "sahip olma" duygusu, kadını korumaya, himaye etmeye daha uygundur.

Erkeksi özellikler, bir erkeğin kendisini kadına ait hissetmesine imkân vermez.

Bir tarafta "sahiplik", ötekinde "aidiyet" olması ise sürtüşmeyi ortadan kaldıracak ve ahengi sağlayacak en uygun şekildir. Doğal olan, yani insanın doğuştan getirdiği özelliklere uyan da budur.

III. Sahiplenme Duygusu "Dost" Olmaya Engeldir

Kişi sahip olduğu ile dostluk kuramaz. Sahip olunan şeyin de, sahibi üzerinde bir yetkisi olamaz. Bu duyguyla, evlilikte karşılıklı bir "dostluk" oluşması zordur.

Halbuki, kadın-erkek birlikteliğini verimli ve uzun ömürlü kılacak olan ne resmiyettir ne de mecburiyet. Bu sadece arkadaşlık, dostluk duygusu ile mümkündür. Bunun için; erkeğe karşı "sahiplik" duygusu yerine, evliliğin devamına yarayacak "dostluk, arkadaşlık duygusu" geliştirmek gerekir.

✸✸✸

"Karımın her şeyime karışması beni o kadar bıktırdı ki, çok sıkıldım. Hep kendimi boğuluyor gibi hissediyordum. Eşimi sevmediğimi, ona saygı duymadığımı sanmayın. O, benim için her zaman değerliydi ama dayanamadım.

Öyle hissettim ki, onunla aramızdaki resmî nikah bağı tapu gibi! 'Boşanıyoruz!' dedim.

Çok direndi ama sonunda kabul etti, resmen boşandık. Ama o hâlâ benim karım.

Kimseye resmen ayrıldığımızı da söylemedik. Çocuklar da bilmiyor. İstediği güvenceleri de verdim.

Şimdi o kadar değişti ki, direktifler vermeye, akıl öğretmeye kalkışmıyor. Her hangi bir şey söz konusu olduğunda; 'sen bilirsin ama şöyle yapsan daha iyi olmaz mı?' 'Şöyle ya da böyle yapman sana zarar vermez mi?' gibi şeyler söylüyor.

Benim resmen boşanmadan önceki yaşantımda hiç bir şey değişmedi ama kendimi çok daha huzurlu hissediyorum. Sanırım o da eskisinden daha sakin. En azından öyle görünüyor."

IV. Sahiplik Duygusu, Kadının Erkekten Yeterince İstifade Etmesine Engeldir

"Sahiplik", birinden ya da bir şeyden istifade etmekten çok, onu koruyup gözetmeyi gerektiren bir duygudur. Kadında bu duygu varsa, arzu edilenin aksine, erkeğin imkân ve gücünden yeterince istifade etmeye engel teşkil eder, istifade ettiklerinin tadını da kaçırır..

Kadınlar, güçlerini, erkeği kontrol etmeye harcar ve yorgun düşerler. Her anlamda istifadeyi azalttığı gibi.

Gerçek manada istifade edenler ise başkaları olur.

V. "Erkeği Sahiplenme Duygusu", Erkekte, Özgürlüğünün Kısıtlandığı Hissini Uyandırır

Sahiplenilme erkeği sıkar. O, kendini cendere içinde hisseder. Özgürlüklerinin kısıtlandığı duygusu ile eşinden uzak durmaya çalışır.

Kadının, sahiplenme tavrını sürdürmesi, erkekte tersini yapma eğilimi doğurur.

Kadın da içindeki duyguları zaptedemediği ölçüde yanar, yakılır.

* * *

"Ben çalışıyorum. Önceleri pek problem yok gibiydi. Ben onu, bana daha çok vakit ayırması gerektiği konusunda uyardıkça, annesine daha çok yaklaştı.

Sık sık annesine gitmemizi istiyor. Beni zorluyor. Sanki kendini ispat etmek ister gibi! Benim üzerimde otoritesi olduğunu bana ve onlara göstermeye çalışıyor.

Arkadaşlarımın beni taktir etmelerine, iltifatlarına dayanamıyor. Hep aşağılamaya çalışıyor. Adeta kendisinden alçakta olmamı ister gibi davranıyor.

Hele haklı çıkmama asla tahammül edemiyor. Özellikle, ben diyorum diye, doğru olduğunu bile bile birçok şeye karşı çıkıyor. Kendisini yönetmeye kalkıştığımı düşünüyor. Hiç bir şekilde uyuşamıyoruz. Yoruldum. Hem onu bıktırdım, hem ben bıktım. İkimizin de huzuru kalmadı."

BÖLÜM 7

Sevmek kolay, sevgiyi taşımak zordur!

EJDERHANIN İKİNCİ BAŞI: "KISKANÇLIK DUYGUSU"

Kadını içten içe yiyip bitiren duygulardan ikincisi kıskançlık duygusudur.

Doğuştan bir nebze mevcut olan bu duygu, kadında, sonradan gelişen içsel ve çevresel etkileşimlerle hastalık boyutuna varabilir. Tedavisi mümkün olmayan "kıskançlık hastalığı", sadece kadını değil, onunla birlikte olan erkeği de perişan eder. Kıskanılan kişi ya da nesne ortadan kalksa da dinmez.

I. Eşini Ailesinden ve Çevresinden Kıskanmak

Kıskançlığın hastalık boyutlarına vardığının göstergesi, erkeğin, arkadaşlarından, akrabalarından, anasından babasından, çevresinden, hatta işinden bile kıskanılmasıdır. Kadın onlara gösterilen ilgiyi, kendisine gösterilen ilgi ile kıyaslamaya kalkışır.

Bu durum erkeği hiç istemeyeceği bir karar karşısında bırakır. Eşi ile işi, eşi ile arkadaşları, eşi ile anne-babası arasında tercih yapmak!

Esasen erkek iki taraftan da vazgeçmek istemez. Zorlayan tarafa karşı da daha çok direnir. Zorlanınca da sanki eşine karşı ötekileri tutuyormuş havası oluşur. Bu, ciddi bir soğumaya, hatta kopmaya bile sebep olabilir.

Kadın, bu tablonun sebebinin daha çok kendisi olduğunu düşünmeden; 'annesine, ailesine verdiği değeri bana vermiyor, işine verdiği önemi benden esirgiyor' diye yakınıp durur. Halbuki bunların hepsinin kulvarı ayrıdır. Kendini onlarla aynı kulvarda görüp yarışmaya kalkışan kadın, genellikle kaybeder.

※※※

Yabancı filmin bir sahnesinde bu anormalliği anlatan çok ilginç bir diyalog:

Kral, sarayında kraliçe ile baş başa, ona, 'Sen benim için çok önemlisin; seni çok seviyorum, sen bir harikasın!' diyor.

Kraliçe fırsatı yakalamış gibi sitemli bir karşılık veriyor: 'Ama sen ordunu, komutanlarını benden daha çok önemsiyorsun!'

Demek ki kraliçe de kıskanacak bir şeyler bulabiliyor. Kendini orduya verilen değerle kıyaslıyor. Kral ordusunu önemsemese krallığı kalmaz. Ve o kral iyi biliyor ki, o ordu olmasa bir gün kraliçenin yerinde de yeller esebilir.

II. Eşini Başka Kadınlardan Kıskanmak

Eşinin birine yakınlaştığını düşünen kadın, kendisinin terk edileceği endişesini yaşamaya başlar ve giderek hırçınlaşır.

Fiziksel açıdan güzel de olsa, eşinin gözüne çirkin ya da en azından sevimsiz görünmeye başlar.

※※※

"Paris'teydik, evlendiğimizin ilk günleriydi. Şehrin en güzel caddelerinden birinde geziyoruz, yanımızda kayınpeder de vardı.

Eşimin çok tedirgin olduğunu hissettim, birden çantasını kafama vurmaya ve bağırmaya başladı.

Sen onlara bakıyorsun. Kızlara, kadınlara bakıyorsun. Madem bakacaktın, benimle niye evlendin? Ben seni istemiyorum. Kahrolasın! Bunu bana nasıl yaparsın?'

Perişan oldum, kayınpeder ne diyeceğini şaşırdı.
Aslında kimseye baktığım yoktu. Gerçekten de bakmam. Ben evlenene kadar da hiçbir kadınla gezip dolaşmış değilim. Hemen eve döndük. Bana sarıldı, affetmemi istedi, özür diledi ama daha sonra da benzer tepkiler gösterdi.
TV'nin karşısında elime hiç kumandayı vermiyor. En normal sahnelerde bile kadınlar var diye hemen kanal değiştiriyor. Reklamlarda, 'uygunsuz kadınlar çıkıyor' diyerek hemen kapatıyor, seyrettirmiyor.
Sokağa çıkamaz olduk. Çıkınca, korkusundan kafamı kaldıramıyorum. Bereket ki kültürlü birisidir. Sonunda bunun bir hastalık olduğunu kabul etti de, tedavi olması için geldik."

III. Erkeğin Sahip Olduklarını Kıskanmak

Bazen kıskançlık duygusu, eşinin sahip olduklarını başkalarından kıskanma şeklinde de ortaya çıkabilir.

✻✻✻

"Hanım benim yaptığım yardımları çok görüyor. Kimseye kuruş vermemi istemez. Aslında hiçbir şeye muhtaç değil. Altında sıfır araba var. Ne isterse veririm. Bir dediği iki olmaz.
Ben bir yardım kuruluşuna yakınım. Zaman zaman onlara yardım eder, faaliyetlerine katılırım. Özellikle eşim duymasın diye de özen gösteririm.
Eğer hissederse dilinden kurtulamam. Sadece beni değil, her yaptığımı ve her şeyimi kıskanır."

IV. Boş Yere Kıskanmak

Ortada hiç bir şey olmadığı halde; sebepsiz de görülebilir. Onlar, erkeklerinin hemen her davranışını kıskançlık duygusu ile eleştirir dururlar.

✻✻✻

"Ben işlerimde oldukça başarılı bir erkeğim. Sosyal çevrem çok iyidir. Birçok ülkede dost olduğum insanlar vardır.

Ama on yedi yıldır eşime kölelik ettiğimi düşünüyorum. Sürekli kıskanmasından bıktım. Ne dediyse yaptım. Ama gene de yaranamadım. Onu rahatlatmak için çok gayret ettim, olmadı. Umudumu kestim.

Şimdi biri ile evleneceğim gibi. Ona öncekinin kıskançlığından çok çektiğimi, benimle evlenmeye karar verirken beni kıskanmayacaksa bunu kabul etmesini, aksi halde kıskanılmanın beni ne kadar huzursuz edeceğini anlattım. 'Düşüneyim!' dedi. Bakalım karar verebilecek mi?"

Kıskançlığın Yakın Çevredeki Yansımaları

Annenin Kıskançlığı Çocukları Babalarından Soğutur

Kıskançlık duygusunun en büyük zararı çocuklar üzerinden gelişir. Annedeki aşırı kıskançlık çocukları perişan eder.

Annelerinin yakınmaları ile babalarına karşı soğuk ve isteksiz davranmaya başlayan çocukların bu durumu erkeği evden soğutur.

❊❊❊

"Sütten çıkmış ak kaşık değilim, asla bu kadar tepkiyi hak ettiğimi düşünmüyorum.

Yaptığım bir şey de yok; ama eşim o kadar kıskanç ki! Attığım her adımımdan kuşkulanıyor.

Dedektif gibi takip ediyor, sorguluyor. Hastalık bu!

Özellikle çocuklarımın gözü önünde bağırıp çağırmasından, bağırmadığı zamanlarda da laf sokuşturmalarından o kadar bıktım ki, ben bu evde niye duruyorum diye kendi kendime soruyorum.

Çocukların benden uzaklaştıklarını hissediyorum. Güya eşim onların yanında konuşmakla beni kendine dönmeye zorluyor. Halbuki bu tavırları ile kendinden daha çok soğuttuğu gibi, beni eve bağlayan çocuklarla da aramızı açtı. Onlar ben-

den kaçtıkça ben de onlara karşı çok sıcak davranamıyorum. Ona sorsanız, bütün bunları beni eve çekmek için yapıyor. Nasıl mantık bu!"

Kıskançlık Duygusu Kız Çocuklarıyla Nesilden Nesle Aktarılıyor

Annedeki kıskançlık duygusu kız çocukları üzerinde ileriye yönelik önemli bir zarara daha sebep olur.

Bahtsız olduğunu sık sık dile getiren annelerin kızları, potansiyel bahtsızlar zümresini oluştururlar. Yaşanan olaylar içinde gelişen şartlanmalar onları adeta mutsuzluğa programlamış olur. Anneleri gibi mutsuz bir yuvada, mutsuz çocuklar yetiştirmeye adaydırlar. Böylece problem nesilden nesle sürüp gider.

※ ※ ※

"Küçüklüğümden beri hep intiharı düşünürdüm. Evin tavanına çıkıp oradan aşağıya atlamayı hayal ederdim.

Kendimi bildim bileli annem babam kavga ederler. Annem o kadar kıskançtır ki, babam eve gelince ilk sözü genellikle, 'neredeydin? Hangi kadınlaydın?' olur. Birinin var olup olmadığını hiç bilemem, annemin de bildiğini sanmıyorum. Bana öyle geliyor ki, hep kuruntu yapıyordu.

Babam annemle hiç konuşmuyor gibi bir şey. Biz de babamla çok soğuğuz. Sadece bayramdan bayrama elini öperiz. O zaman, o da bizi yüzümüzden öper. Bayramlar olmasa bize hiç dokunmayacak.

Annemle babamın kavgalarından nefret ederdim. Annem gibi olduğumu gördükçe kendimden nefret ediyorum. Kavgacı ve hırçın biri olduğum için arkadaşlıklarımı uzun süre götüremiyorum. Gezip dolaştığım biri oluyor ama sevemiyorum. Çünkü güvenemiyorum. Sanki hemen beni aldatacakmış gibi geliyor, uzaklaşıyorum. Daha doğrusu çıktığım kişiler hemen benden usanıyor, kaçıyorlar. Aynen annemin yaptığı gibi yapıyorum. Bazen yaptıklarıma şaşıyorum, kızıyorum. Bunları ben mi yaptım diye!'

Anneme sorardım; 'madem babamla bu kadar anlaşamıyordunuz, o zaman niye ayrılmadınız?' diye.

Annem ise, 'siz vardınız!' diye cevap verirdi.

Ben de bundan dolayı, hem kendimden, hem herkesten nefret ederdim. Aynı zamanda suçluluk duyardım; sanki bütün bunlara sebep benmişim gibi! Şimdi anneme benzediğimi görmek beni perişan ediyor."

Kıskançlık Hasta Eder, Hatta Kanser Eder

Bu duygu, kadınlarda ve onların çevresinde olan kadınlarda stres oluşturan en yaygın sebeptir. Ruhsal hastalıklarla birlikte bedensel yakınmalara, bazen de, şeker, kalp, tansiyon, hatta kanser hastalıklarının bile ortaya çıkmasına sebep olabilecek derecede zarar verebilir.

Kadınlar, kocalarını başkalarına kaptırmamak için kıskançlık içinde kıvranır. Sırf bu duyguları yüzünden sağlıklarını kaybedip, sonunda onları hepten başkalarına bırakıp gitmek zorunda kalabilirler.

※ ※ ※

"Ben kocam yanımda olduğunda onun hep bedenine sahip olabildiğimi ama ruhen acaba benim değil mi diye düşünüyordum. Hayata hep onunla bakıyordum. Ben bir hiçtim. Ben onun yaşayan gölgesiydim. Hiç bir şey beni mutlu etmiyordu. O eve gelene kadar akla karayı seçiyordum. Sabah olmasını, onun evden gitmesini hiç istemiyordum. O eve gelince dünyalar benim oluyordu.

Evlenmeden önce adeta ona tapıyordum. Hep o yüksekler-deydi. Evlendiğimizden kısa bir süre sonra beni aldattığını hissettim. O günden beri hep kahroldum. Kendime hep beddua ettim; öleyim de kurtulayım diye. Bu hep böyle sürdü gitti. Ta ki, hastalanıp yataklara düşene kadar. Kan kanseri oldum. Üç yıl oldu hasta olalı. Kemoterapi görüyorum. Eşime karşı düşmanca duygular gelişti içimde. Bütün bu rahatsızlıklarımın sebebi olarak onu görüyorum. Yanıma yaklaşmasını istemiyorum. Sabaha kadar kâbuslar görüyorum. Eşimi öldürmek geliyor içimden. Uykum yok. İçim sıkılıyor, patlıyorum.

Kıskançlık Erkeğin Hayatını Tehdit Eder

Kadının ruhsal problemleri de varsa ve erkek de kolay etkilenen biriyse iş içinden çıkılmaz bir hal alabilir.

Kıskançlık, erkeğin ölümüne bile sebep olabilir. Bazen bu duygu o derece kabarır ki, ortaya çıkaracağı felaketli sonuçları kimse tahmin edemez

❖ ❖ ❖

"Doktor bey, evladım! Sen benim yavrumun yaşındasın. Ben torun sahibiyim. Ne derdim olabilirdi ki! Yavrumun ölümü beni yıktı.

Ağlamadan geçen günüm yok. Sürekli yatıp uyumak istiyorum ama günlerdir uyuduğum da yok! Gözüme uyku girmiyor, nasıl girsin ki!

İki çocuğu vardı oğlumun, öksüz kaldılar. Öksüz kalmalarından çok, beni kahreden o kadının elinde kalmaları.

Bir gün önce oğlum, iki çocuğu ile hanımını alarak gezmeye gitmişlerdi. Çok tartışırlardı, göz açtırmazdı oğluma. O kadar kıskançtı ki, anlatamam! Konuşmadan, şikayet etmeden, söylenmeden durmazdı.

Piknikte tartışmışlar. Gece tartışmışlar. Sabah ne olduysa, gelini gene kıskançlık krizleri tutmuş, yakasına yapışmış oğlumun. Yavrum benim! Dayanamamış, geçmiş odaya çekmiş silahını dayamış kafasına, çekmiş tetiği, yığılmış kalmış.

Bize haber geldi, beynimden vurulmuşa döndüm, mahvoldum. Gittik ki, oğlumun, yavrumun cesedi ortada! Savcı ve polisler eve doluşmuşlar.

Düşünebiliyor musunuz doktor bey! Bizim gelin ağzında sakız çiğneyerek ortada dolaşıyor!

Hiç aklımdan çıkar mı! Söyleyin bana! Nasıl benim gözüme uyku girer! Nasıl diner ki göz yaşlarım benim!"

Kıskançlık Kadının Ölümüne Bile Yol Açabilir

Kıskançlık, bazen bayanları hayatından edebilir. Kapıldığı biri yüzünden hayatına kıyacak derecede ruhsal bunalıma girmesi mümkündür.

❉❉❉

"Acı bir siren sesinden sonra tren durdu. İnsanlar o tarafa doğru koşuşmaya başladılar. Yerde bir ceset. Demir rayların bir tarafında baş, öte tarafında baştan ayrılmış gövde! Etrafa kanlar saçılmış. Gazete kağıtları ile üzerini örtüyorlar.

Genç bir kız dehşet içinde ellerini birbirine vuruyor, saçını başını yoluyor, tırnakları ile yanaklarını kanatırcasına tırmalıyordu. Öteye beriye koşan, kendini yerlere atan kız; 'Arkadaşımdı! Engel olamadım! Âniden attı kendini! Trenin altına yattııı! Nişanlısı başkasına gitti diye! Ah. Ah! Canım kardeşim! Gülsüm! Na'ptın sen! Na'ptın! Na'ptın! Değer miydi!"

BÖLÜM 8

*Okuyup ucuza ders almasını beceremeyenlere,
hayat çok pahalı dersler sunar.*

EJDERHANIN ALEV SAÇAN ÜÇÜNCÜ BAŞI: "ALDATILMA DUYGUSU"

Kadını içten içe yiyip bitiren üçüncü duygu. Ejderhanın en alevli başı; "aldatılma duygusu!" Erkeği sahiplenme ve kıskançlık zemininde gelişen "aldatılma" duygusu kadının mutsuzluğunu tam zirveye çıkaran duygu. O kadar ki, pek çok kadın bu duyguyu yaşamamış olmak için ölümü bile temenni edebilir.

Aldatılma Duygusunun Genel Özellikleri

Daha çok bayanlarda görülen bu duygunun genel özelliklerini şöylece sıralayabiliriz:

I. Aldatılma Duygusu Doğuştan Değil, Sonradan Gelişir

Kıskançlık duygusunun bir nebze doğuştan gelen ve daha sonra alevlenen bir duygu olmasına karşılık, özel anlamıyla "aldatılma duygusu"nun kadın psikolojilinde doğuştan yeri yoktur.

Anneler başta olmak üzere, dost ve akraba arasında konuşulan ve yaşanan olaylara getirilen yorumlar, bu duygunun tohumlarını eker; besler, büyütür.

II. Yıkıcı ve Yıpratıcıdır

Bu duyguyu içinde barındıran kadının zarar görmemesi mümkün değildir. Hem sahibini, hem de ona yakın olan herkesi belli ölçülerde etkiler. Daha çok obsesyonel bir anlam ifade eder. Yani, hızla takıntı haline gelir. Ortada henüz hiç bir şey yokken de hissedilebilir.

III. Abartılı Yorum ve Davranışlara Sevk Eder

Kadın, birlikte olduğu erkeğin, kendisini bir başka kadınla aldattığı gibi bir kuşkuya kapılmaya başlamışsa, bu duygu sürekli kendini üretir ve giderek artar.

Bu artış, abartılı davranışlara davetiye çıkarır. Böylece tam bir kısır döngü gelişir.

Sonunda öyle abuk sabuk davranışlar ortaya çıkar ki, bakarsınız, erkeğin iç çamaşırları bile muayene edilir olmuştur. Ve elbette bu bir hastalıktır artık.

**

"Hanımla çok sık tartışıyoruz. Kavgaların konusu da hemen hemen tamamen başka birinin var olduğu şüphesi ile ilgili. Bıktırdı beni. Artık dayanamıyorum. Böyle saçma şey olur mu!

En sonki tartışmamızda bana çok iğrenç bir şey söyledi. 'Sen hangi kadınla birlikte oldun?' 'Sen ne iğrenç bir adamsın!' dedi.

'Şimdi, sen bunu nereden çıkardın?' dedim. 'Sen iyi bilirsin!' diye bas bas bağırıyordu.

Sonra düşündüm ki kasığımdaki sivilceden bulaşan kan iç çamaşırıma bulaşmıştı. Bu kadar da olur mu? Ne garip bir durum, şaşırdım. Ne yapacağımı bilmiyorum.

İnanın kimseyle bir ilişkim olmadı. Olsaydı gam yemezdim ve buraya kadar da gelme ihtiyacı duymazdım."

IV. Çoğu Zaman Dayanaksızdır

Kadınların % 80-90'ında bulunan bu duygunun genellikle bir gerçeğe dayanmadığı görülür. En azından kadınların sandığı oranda yaygın değildir.

Hem, aldatılma olaylarının bu oranda yüksek olması mümkün değil, hem de yakınlaşmaların çoğu bir psikolojik tatminden öteye gitmez. Dolayısıyla kadınlar gerçek bir aldatılmanın değil, kendi psikolojisinin ürettiği korkuların cezasını çekerler.

V. Mantıki İzahlarla Giderilemez

Aldatılma duygusu zarar verici olmasının yanında, mantıksal izahlarla giderilemeyen bir özellik arz eder.

Kadının erkeğe karşı denetleyici ve sorgulayıcı tavırlar içine girmesine karşı bir çok erkek bunu birtakım izahlarla gidermeye çalışır. Yapılacak izahlar tartışmayı, tartışmalar tepkileri, tepkiler ise gerginlikleri hatta şiddeti getirebilir.

Bazen de izahlar, erkeğin, gerçekleri gizleme gayreti olarak görülebilir.

Aldatılma Duygusunun Kadın Üzerindeki Yıkıcı Etkileri

Bu duygunun, kadın üzerinde telafisi imkansız denecek derecede olumsuz etkilerini şu şekilde maddeleştirebiliriz:

I. Aldatılma Duygusu Kadını Çirkinleştirir

Kuşkunun derinliği ölçüsünde meydana gelen hormonal, fizyolojik ve psikolojik değişiklikler, hem bedensel hem de ruhsal çöküntülere yol açar.

Mideye giren kramplar, kalp damarlarının sıkışması, nefesin daralması, iştahın kaçması, benzin solması, yüzdeki çizgilerin derinleşmesi hemen fark edilecek derecede kendini gösterir. Öyle ki, kadın, önce kendinde aynaya bakacak cesareti bulamaz.

Bu, her ne olursa olsun, kadının asla istemeyeceği bir durumdur. Sonunda kuşku yerli de olsa, yersiz de olsa yıpranan, yıkılan, yaşlanan ve kaybeden, bu duyguyu içinde barındıran kadındır.

II. Aldatılma Duygusu; Kadını Karşı Davranışa Tahrik Eder

Eşinin bir başkasına yakınlaşmasını "aldatılma" olarak algılamaya başlayan kadın, duyduğu rahatsızlığı azaltacağını zannettiği, "cezalandırma ve intikam alma" gibi davranışlara yöneltebilir.

İnancı, ahlakı ve kişiliğinin elverdiği ölçüde "karşı davranışlara" yönelen kadında huzur kalmaz. Sonunda, erkeğini iyice kaybetmenin yanında kendini bile kaybetmekle karşı karşıya kalabilir.

III. Yersiz Yarışlara Sebep Olur

Kadın, erkeğinin kendisini aldattığını düşündüğü zaman, rakibi olarak gördüğü kişiyle yarışa girme ihtiyacı duyabilir. Eşine iyi görünmek, tekrar göze girmek konusunda gayret göstermeye başlar.

Bu tavırlar genellikle erkekte karşılık bulmaz. Çünkü ötekinin neden cazip görünmeye başladığını, ona iten sebeplerin ne olduğunu bilmeden yapılacak işler boşunadır.

❋❋❋

"Benden şüphelenmeye başladıktan sonra çok değişti. Önceleri tartışıyordu, şimdi ise yarışıyor. Nelerden hoşlandığımı anlamaya çalışıyor. Hemen her akşam makyaj yapmaya, dik-

katimi çekmeye gayret ediyor. O kadar yapmacık ki, adeta sırıtıyor!

Ben ise eski ilgimi de kaybettim. Eşime artık hiç bir arzu ve istek duymuyorum.

Beni kendinden bu derece soğuttuktan sonra ne yaparsa yapsın bir şey değişmez. Ona karşı yakınlık hissetmem çok zor!"

IV. Depresyon Gibi Psikolojik Bozukluklara Sebep Olur

Aldatıldığı duygusu içinde olan kadın hızla değişir. Tedirginlik ve mutsuzluk bütün davranışlarına siner.

Her halinden olumsuzluk akan kadından erkeğe yansıyan tavırlar, öncelikle kadının aleyhinedir. Aldatılma duygusu ne kadar şiddetli ise, mantıksız davranışlar da o kadar artar. Erkeğin şahsında gelişen isyankârlık genel bir tavır halini alır. Bunun sonu da en azından depresyondur.

※ ※ ※

"Olanları kabul edemiyorum, inanmıyorum, inanırsam yaşayamam. Halbuki, beni sokaktan o çekip almıştı.

Yemin etmişti; böyle bir şey olmadığına ve olmayacağına!

Onu öldürmek geliyor içimden ama ben onsuz yaşayamam ki!

Bu konular açıldığı zaman, ben herkese; 'o beni aldatmaz!' diyordum. Hem onu, hem kendimi farklı sanıyordum. Değilmiş meğer!

Nasıl olabilir ki? Daha düne kadar bana çok iyi davranıyordu. Geçen hafta çıktık, gezdik, dolaştık. Bana ve çocuğumuza hediyeler aldı. İltifatlar etti. Çocuğumuzun yaş gününü kutladık.

Kızın çektiği mesajı yakaladım. Benden söz ediyor. Eşime; benim için,'o temiz kalpli hep onunla mutlu olman için savaştım' diyor.

Telefon ettim, bir yığın hakaret ettim. 'Sen kimsin, hangi hakla eşimin adını ağzına alıyorsun!' dedim. Hep özür diledi.

Bana, 'Eşinle yaşa, o, temiz kalpli", "Onunla mutlu olduğunuzu hissediyorum. Bana ettiğin hakaretleri hak etmediğimi düşünüyorum. Mutlu olmanızı istiyorum. Ben sizden daha kötü durumdayım. Eşinle, sadece onun derdini paylaştım. O sizi seviyor.' dedi. Ağladı.

Eşim bana; 'seni seviyorum!" diyor.

Yüreğim parçalanıyor. Ne yapmam gerektiğini bilemiyorum. Evde de duramıyorum, onu öldürmek parçalamak, avazım çıktığı kadar bağırmak istiyorum.

Öfkeden çıldıracak gibi oluyorum. Sürekli tartışıyorum. Durup dururken ağlama krizlerine giriyorum. Sigaranın birini söndürüp birini yakıyorum. Eşim ne söylese batıyor. Her şeyi bana yalan geliyor. Öyle sinirleniyorum ki, içimden kendimi camdan atmak geliyor."

Aldatılma Duygusunun Kadına Kazandırdıkları

Bütün bu anlatılanların yanında, aldatılma duygusunun kadına ciddi ciddi faydaları da olabilir mi? Neden olmasın!

Mesela şunlar gibi:

1. Çok etkili bir zayıflama yöntemidir

Aldatılma duygusuna kapılan kadınların çoğunda, hiç bir zayıflama yönteminin etkili olamadığı kadar zayıflama görülebilir. Kilolarından şikayet eden ve bir türlü zayıflayamayanların, aldatıldıkları duygusuna kapıldıkları andan itibaren kısa zamanda kilo vermeleri çok sık rastlanan bir durumdur. Bu bir fayda olarak mütalaa edilebilir.

❋ ❋ ❋

"Sizi telefonla meşgul ettiğim için kusura bakmayın! 'Erkekler Neden Aldatır?' isimli kitabınızı okuyorum. Bitirmek üzereyim. Aynı problem benim başımda!

Perişan oldum. Önceden de şüpheleniyordum ama üç hafta önce inkâr edemeyeceği bir durumda görünce, itiraf etti. Çok üzülüyorum. Gece gündüz sürekli ağlıyorum. Sizinle konuşurken de kendimi tutamadığım için özür dilerim. Ne yapacağımı bilemiyorum, yıkıldım. Ağzıma bir lokma koymuyorum, yemekler boğazımdan geçmiyor. Yirmi günde tam 17 kilo zayıflamışım. Kitabınızda çok güzel şeyler öneriyorsunuz ama ben onları uygulayacak gücü kendimde nasıl bulacağım ki!"

2. Erkeğini tanrılaştırmaktan kurtarır

Hayatını erkeğe adamış ve onu kendisi için hayatın vazgeçilmezi olarak gören kadınların erkeği yücelten duyguları, aldatıldığını hissettiği zaman tersine döner. Tanrı'ya bağlanır gibi erkeğe bağlanmasının ne derece yanlış olduğunu anlatmanın bundan daha etkili bir yolu olamaz.

Erkeğini ilahlaştırarak, gölgesinde kaybolmuş kadınların çoğu bu zor durumda gerçek İlah'a yönelir.

3. Kadının gerçek kişiliği ortaya çıkar

Kadınlar, eşlerine bağlı olarak kendilerini güçlü hissedip garantide görürken ne derece hata ettiklerini anlarlar.

O zaman, kendi ayakları üzerinde durması için kendinde bir şeylerin bulunması gerektiğini düşünmeye başlarlar. Böylece ilk defa bir işe başlamayı, kurslara katılmayı, hatta yeniden okumayı bile göze alanlar olur. Kadının kişiliği açısından bu da önemli bir kazanç sayılır.

4. Fani şeylere bağlanmanın boş olduğunu hissettirir

Kadınlar çok daha içten sever ve aşırı derecede bağlanırlar. Bu aynı zamanda hayata bağlanmaktır.

Kendisini hayata bağlayan ve çok önem verdiği kişiden gördüğü ters davranış, dünyevi şeylere bu derece bağlanmanın çok da doğru olmadığını anlamaya vesile olur.

5. Annelere kızlarını, "erkeğe" değil, "hayata" hazırlamaları gereğini öğretir

Bu tür problemler sonucu, evliliğin hayatta her şey demek olmadığını kavrayan anneler, kızlarını sadece evliliğe, yani bir erkeğe hazırlamanın hata olduğunu anlama imkânına erişirler. Böylece çocuklarını okutmaya ve hayata hazırlamaya daha istekli davranırlar.

6. Kadını kendine getirir

Birçok kadın, evlilik süresince, çocuklara bakmak dahil, yaptığı pek çok şeyi eşi için yaptığını söyler.

Kocası başkalarına ilgi duymaya başlayınca da; "Ben onun için saçımı süpürge ettim, bakın onun ettiğine!" der.

Halbuki, dürüst davranmak, hizmet etmek, çocuk yetiştirmek de dahil, evlilikte yapılanlar insanın kendisi içindir. "Karşı taraf için" diye düşünmek mutsuzluğu artırmaktan başka bir işe yaramaz. Eğer inanıyorlarsa, o zaman da, inandıkları Kudret'in rızasını kazanmak için yaptıklarını düşünmelidirler. Aldatılma bunu da öğretir ya da unutmuş olanlara hatırlatır.

7. Dişiliğin değil, kişiliğin kadını güçlü kılacağını öğretir

Yanlış şartlanmalar sonucu, kişiliklerini geliştirmek yerine dişiliklerini öne çıkarmaya hevesli görünen ve kendini geliştirmekten uzak kalmış kadınlara acı bir ders olur.

Erkeğinin gözünde ve gönlünde kişiliği ile değil de dişiliği ile taht kurmaya çalışan bir kadının tahtını, bir gün dişilikte daha ileri birinin gelip tepe taklak edebileceğini göstererek hayatın en acı dersini verir. Olsun! Bu da bir derstir.

Okuyarak ucuza ders almasını beceremeyenlere hayat böyle çok pahalı dersler sunar, isterlerse almasınlar!

BÖLÜM 9

*Türk kadınının istek ve arzuları erkeği yönetmeye,
yetenekleri ve birikimi boyun eğmeye müsait.*

ALDATILMA KARŞISINDA "BİRİNCİ KADIN"IN ÜÇ YANLIŞ TEPKİSİ

Türk kadınının istek ve arzuları erkeği yönetmeye meyilli. Ancak, yetenekleri ve birikimi boyun eğmeye daha müsait.

Kadınlarımız isteklerinin yüksekliği ile, eğitim ve birikimlerinin yetersizliği arasında sıkışıp kalmış olmanın sıkıntısını içerisindeler.

Bu sıkıntının dayanılmaz boyutlara ulaşması üç önemli tepkiyi ortaya çıkarır.

Bu üç tepkiden biri kendine yönelik, diğerleri eşine ve ötekine yöneliktir. Üç tepkiden hangisi ağırlıklı olursa olsun yıllar heba olup gider.

A. "Birinci Kadın"ın Kendine Yönelik Tepkisi

Eşinden yana yüzünün gülmediğine inananların hayatla barışık olması zor. Bütün iyilikleri ve güzellikleri kocası kanalıyla alacağını zanneden birinin, onun gözünden düştüğünü görmesi perişan olmaya yeter. Çoğu kadın için bu durum, hayatın sonudur.

Hayattan zevk alamaz olur. Hiçbir şeyde gözü yoktur. Yaşam enerjisini kaybetmiştir. Şiddetle kilo verir. Ya gece gündüz uykuya sığınır ya da sabahlara kadar gözüne uyku girmez. Hiç bir iş yapmak içinden gelmez. Her yerde sıkılır. Halsiz, yorgun, bitkin ve tükenmiş bir haldedir. Kimseyi görmek istemez ya da sürekli birileri ile konuşma, anlatma isteği duyar. Kendini başarısız, değersiz, işe yaramaz biri olarak görür. Artık yaşasa da bir, ölse de! Her şeye, herkese küsmüştür. Ölümü kurtuluş olarak görür.

Böylece depresyona giren bir kadında hiç bir çekiciliğin kalmayacağı açıktır.

Halbuki, ötede cıvıl cıvıl, hayat dolu, istekli, arzulu biri var. O dururken depresyonda, asık yüzlü, somurtkan, sıkıntılı, yüzünden düşen bin parça, ölü gibi biri erkeğe cazip gelebilir mi?

**

"İki gün önce gazı açtım, yattım. Kaynanam karşı dairede oturuyor. O gelmiş, kapıyı çalmış, açılmayınca eşime telefon etmiş. Baygın vaziyette hastaneye götürmüşler. Gözümü hastanede açtım.

Kaçarak evlenmiştim. Annem babam da ayrı yaşıyorlar.

Eşimi öyle çok seviyordum ki, adeta tapıyordum.

Aldatıldığımı duyarsam yaşayamam diyordum. 'Hayır! Asla olmaz!' diyordu.

Son bir ay içinde çok tartışıyorduk. Bazı akşamlar iş yerinde kalıyordu. Ben boşanalım dediğimde abisi işe karışıp; 'Bizde boşanma yoktur; boşanırsanız seni öldürürüm!' diyordu.

Tartıştığımızda, eşim bana hep, 'Paranoyaksın!' diyordu.

Her şüphelendiğimde çektim gittim. Beni geri getirmek için yeminler etmişti. Kızı işe almasına da ben vesile olmuştum. Mahvoldum. İki ay içinde 25 kilo verdim. En son dün gece anladım. Kızın mesajını yakaladım. Halbuki dün akşam bana; 'Sen bir tanesin, seni seviyorum!' diyordu.

Hâlâ, hem seviyor, hem nefret ediyorum. O kadar kararsızım ki! Şimdi ben onun elini tutup, nasıl onunla yatağa girebilirim ki!

Bu şüphelerle yaşayamam. Keşke babam ya da ağabeyim olsaydınız da sabaha kadar yanınızda ağlasaydım."

B. Eşine Yönelik Tepki

Kadının, evlenmeden önce, içinde bulunduğu dert, sıkıntı ve zor şartlardan kendisini çekip kurtaracak biri olarak erkeğini görüyor olması tepkiyi ve suçlamayı artıran önemli bir sebeptir.

Kurtarıcı gibi gördüğü erkeğini tekrar elde etmek için olur olmaz tehditlere yeltenir. Bazıları medyum, hoca ya da büyücü peşinde dolaşmaya başlar.

Bütün bunlar onu eşinin gözünde daha da aşağılara düşürmekten başka bir işe yaramaz. Suçlamalar erkeği iyice soğutur.

"Sana kendimi verdim! Ömrümü tükettin!"

"Çalışmama mani oldun!"

"Benimle doğru dürüst ilgilenmedin!"

"Bana karşı sözlerini tutmadın!" gibi şikayetlerle, işler daha da içinden çıkılmaz hale gelir.

Umudunu kesip, kalan ömürlerini, erkeğe hayatı zindan etmek için harcamayı marifet sananlar bile çıkar.

Kişilikleri el verdiği ölçüde, her vesileyle eşi aleyhinde konuşma, sürekli rahatsız etme, çocukları ona karşı kullanma, onunla birlikte olduğu zamanki sırlarını aleyhine kullanma gibi, davranışlar sıradan hale gelebilir.

Erkekler ise, bu suçlamaların şiddetinden kendilerini kurtarmaya çalışmaktan başka şey düşünmeyi akledecek durumda değillerdir.

※ ※ ※

"Ne kadar zor ayrıldık. Yapmadığını bırakmadı. Hakkımda bildiği her şeyi anlattı, herkese yaydı. Bir insan bu kadar kindar olabilir mi! Ne kadar da düşmanlığa doymaz birisi imiş.

Ben bunları hak ettiğimi düşünmüyorum. Hak etmiş olsam bile, hiç mi iyi günlerimizin hatırı yok?

Ömür boyu bizi anne-baba olarak bilecek olan çocukları nasıl bu kadar perişan edebilir? Onları bana düşman etti!

Şimdi, bugün ben bu mevkideysem, bunu onunla paylaştıklarımın azlığına borçluyum. Eğer her şeyimi bilseydi, ben bugün buralarda asla olamazdım!"

C. Ötekine Tepki

Aldatıldığını düşünen kadınlar, eşlerinin yakın olduğunu düşündükleri "öteki kadın"a oldukça sert tepki göstermekten kendilerini alıkoymakta zorlanırlar.

Bu tepkilerini göstermekteki amaçları onu eşlerinden uzaklaştırmaya çalışmaktır. Ama çoğu zaman ters sonuçlar ortaya çıkar. Çünkü ötekinin maruz kaldığı hakaretlerin sebebi olarak erkek kendini görür. Bunun ezikliğini hisseder. Ona yaklaşır. Böylece kavga eden kadın kendi elleri ile eşini ötekine doğru itmiş olur.

BÖLÜM 10

Kadın için, kendisini istemeyen erkeğin yanında zorla kalmaya çalışmaktan daha aşağılayıcı bir tavır olamaz.

ALDATILMA KARŞISINDA KADIN NE YAPMALI

Aldatılma karşısında olduğunu hisseden kadın genellikle şaşkın, kızgın ve öfkelidir.

Toplumsal şartlanmalar sonucu kabaran duygular, kadınları, başka kadınlara karşı çok hassas hale getirmiştir. Bu hassasiyet sağlıksız ve yanlış tepkilerin ortaya çıkmasını hızlandırır.

Buna mani olmak için, sakin ve soğukkanlı olmak ilk şarttır.

Sonra, durumun ciddiyetini anlamaya çalışmak gerekir.

Ortada gerçek olan bir şey var mı? Boyutları ne? Bunu anlamak, takınılacak tavrın doğruluğunu tayin edecektir.

A. Aslında Biri Yoksa!

I. Kuşkularınızın Boşuna Olma İhtimalini Düşünün

Endişelerinizin yersiz olma ihtimali az değildir. Çünkü eşi gerçekten bir başka kadınla birlikte olan kadınların sayısı ile, eşi tarafından aldatılacağı endişesi içinde yaşayanların arasında çok büyük fark vardır. Eşlerini aldatan erkekler, % 20 ise, erkekleri tarafından aldatılacağı endişesine kapılan kadınların sayısı % 70-80 gibidir.

Dolayısı ile kadınların en azından üçte ikisi bu duyguya boşuna kapılır. Gereksiz yere ıstırap çeker. Hem kendini, hem karşısındakini huzursuz ve mutsuz eder.

Bunu düşünün! Bir yanlış anlaşılamaya huzurunuzu feda etmiş olmayın.

II. Bu Duygunun Size Zarar Vermekte Olduğunu Bilin

Eşinizin iş ve sosyal hayatı nedeni ile olan yakınlaşmaları hemen bir cinsel ve duygusal birlikteliğe yorumlamak doğru olmaz. Bu sizin ona karşı duygusal ve cinsel ilginizi de kötü etkiler. Soğuk davranmanıza sebep olur. Bundan dolayı, o da sizden uzak durmaya başlayabilir. Bu ise gönlün kaymamışsa da, kaymasına zemin hazırlar.

III. Başkalarına Açılmakta Acele Etmeyin

Problemin henüz ne olduğu tam olarak anlaşılmadan bunu çok fazla kimseyle paylaşmaya kalkışmak doğru olmaz. Çünkü sizi dinleyen insanlar, ister istemez, eşinize de, size de farklı bakmaya başlarlar. Özellikle eşinizin aile ve yakın çevresiyle ilişkileri olumsuz yönde etkilenir.

B. "Biri" Gerçekten Varsa!

Birinin varlığı kesinse, asıl o zaman akıllı davranmak zorundasınız! Paniğe kapılmayın, bu dünyanın sonu değildir. Kıyameti koparmanın gereği yok! Bu sadece sizin başınıza gelmiyor; siz ne ilksiniz, ne de son olacaksınız! Belki her şey bitmiş değildir; kazanabilirsiniz!

I. Öncellikle Yapılacak En İyi Şey!

Aldatılma karşısında olduğunu düşünen kadının ilk olarak yapacağı en iyi şey, "hiç bir şey yapmamak"tır.

"Şöyle yaparım! Böyle ederim!" diye esip savurmanız; yapamayacağınız ya da yaptığınız taktirde sizi daha büyük sıkıntılara sokacak şeyler söylemenizin anlamı yok!

II. Anlatıp, Sevmeyenlerinizi Sevindirmeyin!

Merak içinde olanlara ve yüzünüze "vah! vah!" deyip içinden; "Oh oldu sana!" diyeceklere ve dedikodunuzu yedi mahalleye yayacak olanlara fırsat vermeyin. Anlatarak asla rahatlayamazsınız. Hatta anlatacağınız kişilerin tahrikleri ile daha da kötü olursunuz!

III. "Terk Edilme" Korkusu"na Kapılmayın!

Eşiniz kaliteli biri ise ve siz ona layıksanız, kolay kolay gitmeyecektir. Yeter ki siz onu bir daha yüz yüze bakamayacak duruma getirip iyice uzaklaştırmayın!

Bilin ki, kaliteli bir erkek "eşim" dediği bir kadını bırakmaz. Bunun için terk edilme korkusu ile paniklemeye gerek yok! Asıl büyük kayıp, yapılacak yanlışlıklarla onu kaçırmaktır.

IV. Sadece Çok Yakın Bir-İki Kişi ile, Mümkünse Doktorunuzla Konuşun

Konuyu pek az kişi ile ve ağzı sıkı olanlarla konuşun. Ne yapmanız ya da neleri yapmamanız gerektiği konusunda danışmak üzere, aklı başında ve özellikle de konuştuklarınızı başkalarına yaymayacak kimseyle konuşabilirsiniz. Eşinizi de dinleyebilecek, size yardımcı olabilecek bir hekim en iyi seçim olur.

V. Ötekine Saldırmak Zarar Getirir

Siz öfkeye kapılır, bütün hıncınızı "öteki" kadından çıkarmak için saldırırsanız; bu sizin zararınıza olur.

Böyle yaparak eşinizi ona itersiniz. İyiden iyiye onun tarafına geçer. Kendisini ona borçlu hisseder. Ona karşı yaptıklarınızdan kendini sorumlu görür. Ayrıca, size inat ve kendini ispat ihtiyacı ile ona daha fazla gider, olaylar daha da hızlanır.

VI. Eşinizle Kavga Etmeyin!

Bunun hiç bir yararı olmaz. Kavga ederek fırtınalar, estirerek karşı taraftaki kişiye liman olma fırsatı vermeyin. Eşiniz o limana sığınma ihtiyacı duymasın.

Kavgalar sizi yıpratır. Yıpranmış, çökmüş bir görüntü ile kadın kocasını ilgisini çekemez.

VII. Bırakıp Gidebilirsiniz, Ama..!

Adım atmadan önce hesaba katmanız gereken üç ihtimal var.

Bir; onun sizi bırakıp gitmesi.

Bu durumda, siz savaşı kaybetmiş, yıkılmış, posası çıkmış ve yenilmiş olarak kendi kendinizle baş başa kalabilirsiniz.

İki; siz, "bu iş bana göre değil" deyip ayrılırsınız.

Burada da çok rahat olamazsınız. Onun yanına gelirkenki tazeliğinizi yitirmiş olmayı hazmedemezsiniz. Ayrıca kavgalarla güzelliğinizden elde avuçta kalan kısmını da tüketmiş olarak, yeni bir hayata başlama gücünü kendinizde bulmakta zorlanırsınız.

Üç; bütün bu bağırıp çağırmalardan sonra size dönecek olabilir.

Ama siz artık eski siz değilsiniz! Eşiniz, kavgalardan önceki halinizde iken bile bir başkasına yaklaşma ihtiyacı duymuşsa, kavgaların yıprattığı ve çökerttiği görüntünüzle size nasıl ısınacak?

VIII. Kendinizi Sorgulayın

Eğer onda size karşı ve sizde de ona karşı gerçekten bir duygusal zıtlık varsa, o zaman, "Ben erkeğimi asla paylaşmak istemem!" diye bir düşünce yersizdir. O, zaten sizin değilmiş ki! Belki hiç de olmamış!

Sizin olmayan bir şeyi, "Başkalarıyla asla paylaşamam!" demenin anlamı yok.

Ondan nefret ediyorsanız ya da o sizi istemiyorsa, durum gerçekten böyleyse! Kendinize saygınızın gereği olarak gidin! Hem de problem çıkarmadan.

Çünkü, bir kadın için en aşağılayıcı şey, kendisini istemeyen bir erkeğin yanında inatla kalmaya çabalamaktır. Onuru olan bunu kabullenmez!

Böyle bir durumda olan kadın kendisine sormalı:

Paylaşmak istemediği erkeği mi? Yoksa; erkeğin sahip oldukları mı? Eğer böyleyse kavgaya gerek yok, oturup pazarlık yapmanız daha mantıklı olur. Ama iki uygar insan gibi! Kavgasız, sitemsiz ve tartışmasız! Öfkelenmeden, kimseye zarar vermeden!

C- Büyük İhtimalle Erkeğiniz Kararsızdır, Çünkü;

Herhangi bir ilişkiye girmeden önce, kendi iradesi ile bir karar vermiş ve birini bulmuş erkeğin durumu ile, şartlar sonucu kendini bir ilişki içinde bulan kişi arasında büyük fark vardır. Eğer bilinçli bir kararla değil de şartların ortaya çıkardığı bir yakınlaşma içinde ise, erkek karar vermek zorundadır.

Eşine karşı açık ve net olmaz. Bunun üç sebebi vardır:

I. Kendine Güvenemiyordur

Kendisinden emin değildir; ne yapacağını bilmiyordur. Bunun için de, ne yardan, ne serden vazgeçebiliyor, işlerini gizli kapaklı yürütmek daha kolayına geliyordur.

II. Size Güvenemiyordur

Sizden emin değildir; ne yapacağınızı kestiremiyordur.

Gördüğü bazı eksiklikler sebebiyle eşini gözden çıkarmış ve başka birini bulmuş kişi kararlıdır. Yok eğer öyle değil de, karşısına çıkan biri, onda bazı duyguların depreşmesine neden olduysa, bu taktirde eşi ile ilgili kolay bir karar veremez.

Böyle bir durumdaki erkeğin ne yönde karar vereceğini birinci derecede eşi, sonra da "öteki" kadının tavırları tayin edecektir.

III. Sizi de Seviyordur

Her ne kadar gönlü ona kaymış gibi ise de sizden kopamamıştır. Hatta size olan sevgisi de bitmemiş olabilir.

Az ya da çok, iki sevgi arasında kalmak! Erkek için en zor olan budur! Birini bırakıp, öbürüne gitmek yarı yarıya ölmektir. Bir canlının yarısı ölmüşse, kalanı da yaşayamaz.

Güçlü Kadın Olmak İçin!

Erkek karşısında kadının aciz olmaması gerekir. Güçlü olmanın ise bazı temel şartları olmalı. Bunun için;

I. Eşinin gözüne zayıf ve aciz görünmeyin. Yoksa farkına varmadan sizi ezebilir.
II. Toplum içinde ve çevrenizde kadınların, dişiliği ile öne çıkarılmasına karşı mücadele edin! Erkeğinizin gözü kaymasın ki, gönlü de bulanmasın!
III. "Eşim beni aldatmaz, aldatamaz!" diye kendinizi şartlandırmayın. Yoksa hayal kırıklığınız büyük olur.
IV. İşsiz, mesleksiz ve eğitimsiz kalmamaya çalışın ki, gerektiğinde hayata tek başına devam edecek birikiminiz olsun!
V. Evlenmeden önce erkeğe değil, hayata hazırlanmanın gayretini gösterin. Hayatın erkekten başka anlamları da var.

Erkek, Kadında Dişiliğe Şartlandırılıyor

"Amerika'da FHM dergisinin okuyucuları arasında yapılan bir araştırmada, erkeklerin bir kadında en çok kalçalara ve gögüslere baktığı, İkinci sırada ise gözler, daha sonrada dudak ve ellere dikkat ettikleri belirlenmiş."( ) Posta.14.04.2004

Bunda erkeksi içgüdülerin elbette önemi vardır. Ama kadın, sanatsal bir ustalıkla en cazip bir biçimde sunuluyorsa o zaman bazılarının gözü kayabilir. Bu arada dişiliği azalanlar da gözden düşer. Bunun suçunu sadece erkeğe yüklememeli!

Toplumda kadınlar için öyle bir imaj oluşturulmuş ki, sanki kadın sadece dişilikten ibaret! Onun dışında hiç bir değeri yok! Kadın sadece cinsellikle kıymetli!

Feminist Bir Çelişki

Cinsellik ve doğurganlığının dışında kadının hiç bir yeteneği yokmuş gibi davranılıyor. Erkekler üzerinde dişiliğe şartlanma oluşturacak şekilde iki kadın imajına karşı verilmesi gereken savaş, kadınların, özellikle de feministlerin savaşı olmalı.

Dişiliği ile kendini gösteren biri erkekten ilgi görmezse, bunu kendine hakaret olarak görür.

Kadın dişiliği ile göründüğünde erkeğin ilgisi doğal olarak gelişir. Bir taraftan dişilik sergilenir, öte taraftan erkeklere ilgilenmeyin denirse bu yaman bir çelişki olur.

Erkeği, eşi varken başka birine karşı uyaran önemli bir faktördür bu!

Bunun için, dişiliğin alabildiğine sergileniyor olması üzerinde feministler ciddi ciddi düşünmek zorundadır. Tabii ki, erkeğin, bir başka kadınla ilgilenmesi ve böylece bazılarının aldatılması istenmiyorsa!

Kadına En Kötü Tavsiye

Aldatılma olayı ile karşı karşıya olduğunu çevresine anlatmaya başlayan bir kadına karşı çevrenin telkinleri, genellikle onu erkeğe karşı tahrik edici mahiyettedir.

"Canına oku! Hiç bir şekilde taviz verme! Asla göz yumma! Bunu sana yapmasına izin verme! Vur, kır! Dünyayı ona dar et! Kimsenin yüzüne bakamasın! Onu anasından doğduğuna pişman et!"

Aslında bu tarz telkinler, sıkıntıyı daha da artırır. Kadın, söylenenleri yapsa kopuşu hızlandıracak, yapmasa kendini aciz, aşağılanmış ve yenilmiş hissedecek.

Bir kadına böyle telkinlerde bulunmak ona kötülük yapmaktır. Özellikle de, eğitimi eksik, işsiz güçsüz, mesleği olmayan biriyse!

Herhangi bir durumda kadın, göstermesi gereken tavrı, kendi şartlarına göre belirlemeli.

Atılacak her adımın ya da alınacak bir kararın doğruluğu şartlara uygunluğu ile orantılıdır. Çünkü, attığınız adımdan sonraki durumunuzun size getireceklerini siz tek başınıza yaşayacaksınız! Kimse sizinle birlikte uykusuz ve sıkıntılı geceler geçirmeyecek!

Bir TV programındaki bayanın söylediği gibi:

***

"Eşimin beni aldattığını duyduğumda çok tepki gösterdim. Kavgalarımız oldu, bağırıp çağırdım. Sonunda onu vazgeçirmeye muvaffak olamayacağımı anladım, mecburen kabul ettim.

İyi mi ettim, kötü mü, siz karar verin!

İki katlı evimiz var. Bir katında ben, diğer katında eşimin öteki hanımı oturuyor. Çok fazla da mutsuz olduğumu düşünmüyorum doğrusu!

Ne yapsaydım yani; işim yok, bir gelirim yok, param yok, güvencem yok! Ayrılıp da sokakta mı kalsaydım! 16 ve 17 yaşlarında kızlarım var. Bu çocuklarla sokakta kalmak onlara iyilik mi olurdu sanki?"

Bölüm 11

Erkek aldatma duygusunu tanımaz.

ALDATMAYLA SUÇLANAN ERKEĞİN PSİKOLOJİSİ

Eşi ya da birlikte olduğu kadını aldattığı hissi uyandıran erkek iki konumda olabilir; ya gerçekten biri daha vardır ya da bu kadındaki bir kuruntudan ibarettir.

Olayın gerçekliğinin olup olmamasına göre erkeklerin farklı tavırlar içine girdiği görülür.

A. "Biri" Yoksa Erkek Ne Yapar?

Aldatılma kuşkusuyla kendisine bakılan erkeklerden pek azı bunu ciddiye almayabilir. Ama çoğu bundan rahatsızlık duyar.

Bu rahatsızlık iki sebepten kaynaklanır:

Bir; hanımın sorgulayıcı ve yargılayıcı tavırlarına muhatap olmak.

İki; iş, meslek ve sosyal çevresine müdahaleler.

Bu durumda, tedbir olarak erkekler, eşlerini işyerinden ve meslek çevresinden uzak tutmaya özen gösterir. Aile ve akraba çevresinde de birlikte görünmemeye çalışırlar.

Kadın ise, eşinin bu davranışlarını, kendisinin istenmediği ve şüphelerinin haklı olduğu yönünde yorumlar ve daha çok denetleme ihtiyacı duyar.

B. "Biri" Varsa Nasıl Olur?

Aldatılma kuşkusunu haklı çıkaracak davranışlar varsa, eşler arasında etkileşim daha farklı gelişir.

Erkeklerin eşleri varken birine daha ilgi duymaları genellikle eşlerinden kurtulmak, ondan ayrılmak, evi terk etmek gibi bir kararın sonucu değildir. Elbette eşi ile birlikteliğini kendi gözünde ve gönlünde bitirmiş olan ve kararlı bir şekilde başkasına gidenler de olabilir. Ama erkeğin başka kadınlara ilgi duyduğu vakalar içinde bu oldukça az bir yer işgal eder.

İçinde yaşadığımız toplumun, namus anlayışı sebebiyle erkek, eşinden pek memnun olmasa da, onu kolay kolay gözden çıkaramaz. Hele bu kadın çocuklarının annesi de olmuşsa! Onu korumayı ve elinin altında bulundurmayı öncelikle namus borcu olarak görür. Çocuklarının annesi olan bir kadını başka biri ile görmeye imkan verecek bir ayrılışı erkekliğine sığdıramaz.

Bu durumda, kadının göstereceği tepkilere göre erkek;

I. Öncelikle ikisini birlikte idare etmeye çalışır. Erkek için en cazip görüneni budur.

II. Bu mümkün olmazsa o zaman üç seçenekten biri olacak demektir. Ötekine gitmek, hanımına dönmek, ikisini de terk etmek!

C- Erkeğin, Bir Kadına Bulaşmadan Önce Bilmesi Gerekenler

Eşi dışında birine ihtiyaç duyan evli birinin öncelikle şunları bilmesinde yarar var:

I. Eşinizden ayrılmak istiyorsanız, ondan ayrılmadan önce bir başkasına bulaşmayın

Bir başkası yüzünden eşinin kendinden ayrılmakta olduğunu anlayan kadın buna karşı öfkeyle direnme ihtiyacı duyar.

Hayatın anlamını erkeğine endeksleyen kadın, erkeğini sevmese de onu elinden kaçırmayı bir imkân mahrumiyeti olarak algılayabilir.

Kadınların çoğu, erkeğin, kadını mutlu etmek zorunda olduğuna inanırlar. Mutluluk onlara kendi gayretleri sonucu erişmeleri gereken imkanlarla değil, erkek kanalıyla dolaylı olarak gelecektir! Eğer yakın oldukları erkek bunu yapmaz ya da yapamaz ise, bu, erkek tarafından kadına yapılmış bir haksızlık veya kötülük olarak algılanır. Bunun için, bir kadın bu çarpık anlayışla erkeği değerlendirirken, onunla ilişki resmen ve fiilen kesilmeden başka birine yaklaşmak hiç de doğru bir davranış olmaz.

II. Kendinize; "Ben ne yapmak istiyorum ve bunu yapmayı başarabilir miyim?" sorusunu sorun

Başka birine doğru atılan her adım yeni bir adım atmayı hızlandırırken, eşine karşı zıtlaşma da yeni zıtlaşmalar ortaya çıkarır.

Olaylar çoğu zaman erkeğin iradesi ve kontrolü dışında gelişir. Ve her iki tarafta yaşananlar da, giderek geri dönüşü zorlaştıracak boyutlara varabilir.

Kontrolsüz gelişen ilişkilerin zorladığı yönde alınan kararların isabetli olması beklenemez.

Bunun için, "Ben ne yapmak istiyorum?" sorusu baştan sorulmalı. Sonuçlarına da hazır olunmalıdır. Yoksa uykusuz ve sıkıntılı geçecek gecelere dayanmak zor olur.

Ayrılmaya ciddi ciddi karar vermeden, bir başka kadınla başlayan yakınlaşma, ona umut vereceği için sorumluluk getirir. Bu da az bir rahatsızlık sayılmaz.

Bazen öyle olur ki, her ikisinden de uzaklaşma gibi bir zorunluluk da karşımıza çıkabilir ki, bu tam olarak erkekliğin onda dokuzudur.

III. Evde biri varken "öteki"ne olan duygularınızın değişken olduğunu bilin

Hanımı ile kavgalı olan erkeğin bu dönemi hayatının en sıkıntılı zamanıdır. Bu dönemdeki teselli edilme ihtiyacı, bir başkasının melek gibi görünmesine sebep olabilir. Dolayısı ile böyle bir zamanda gelişen duygulara güvenilmez. Bunlar genellikle değişebilir duygulardır.

Bu durumda isabetli ve kalıcı bir karar verilemeyeceği gibi, ikinci kadının da bu durumdaki erkeğin duygularına ve sözlerine güvenmesi hayal kırıkları ile sonuçlanabilir.

IV. İkincinin teselli ediciliği aldatıcı olabilir

Erkek bunaldıkça ikinciye yaklaşma ihtiyacı artar. "Öteki" de bu durumdan umuda kapılır. Bu umutla olayların hızlanmasına katkıda bile bulunmak isteyebilir.

İkincinin, teselli edici şirin görüntüsü ise erkeğin gözlerini kamaştırır.

V. Hep eşinizi suçlamak gibi bir kolaya kaçmayın, biraz da kendinize bakın

Erkek, gelişen olumsuzluklarda kendine yönelik eleştiriler yapmak ve hatanın en azından bir kısmını kendinde aramak yerine, hep eşini suçlamaya meyillidir.

Eşinin sert çıkışları da ona bu fırsatı verir. Kendinin haklı ve eşinin çekilmez biri olduğunu ileri sürmeye başlar. Bu da yapılabilecek yanlışlıkları hızlandırabilir.

VI. Evli olduğunuz kadını iyi tanımalısınız

Ondaki duyguların, ne kendisine, ne de karşısındakine zarar verecek tarzda gelişmesine meydan vermemeli. Çünkü, her zaman, erkeğin göstereceği bir davranış, kadınlarda bazen bire bir değil, bire on, bire yüz tepkilere sebep olabilir.

Hanımının yanında bir başka kadından bahsetmek, başka kadınlar hakkında iltifatkâr konuşmak sıkıntı meydana getirebilir. Bunun için erkeklerin hanımlarının hassasiyetini göz önünde bulundurmaları, önce kendi eşlerine iltifat etmeden başkaları hakkında güzel söz etmenin iyi olmayacağını düşünmeleri gerekir.

❋❋❋

"Otuz yıllık evliyiz, en son bana güzel bir sözü ne zaman söylediğini hatırlamıyorum. Ama başkalarından bahsederken hep hayranlıkla bahseder. Geçenlerde bir tanıdığımızdan söz açıldı, o kadar kolay methediyor ki! Utanmadan; 'Çok tatlı bir kadın!' dedi. Çok sinirlendim. 'Ne biliyorsun? Tadına mı baktın?' dedim. İnadıma yapıyor sanki!"

VII. Yanlış ilişkiler size olumsuz değişmelerle kalıcı zararlar verebilir

Eşi de olsa biri tarafından suçlanan ve suçu yüzüne vurulan erkekte olumsuz duygular gelişmeye ve buna bağlı olarak da hoş olmayan davranışlar ortaya çıkmaya başlar. Eşinin tehdit dolu davranışlarıyla tedirginlik artar.

Gizli kapaklı davranışlar suçluluğa, suçluluk tedirginliğe, tedirginlik soğumaya ve uzaklaşmaya sebep olur.

Sürekli suçlanan erkekte, eşine karşı gelişen soğukluk, eşindeki aldatılma duygusunu artıran bir kısır döngünün oluşmasına katkıda bulunur ve işler daha da içinden çıkılmaz bir hal alır.

❋❋❋

"Karımın beni kıskanmaya ve sahiplenmeye başlaması ilk zamanlarda çok hoşuma gitti.

Sonra bunun onu ne derece tedirgin ettiğini gördüm. Başkalarına ilgi duyduğum kuşkusundan kurtulamıyor. Bu duyguların onu yiyip bitirmesinin önüne geçmeli idim. Çünkü bu sadece onu değil beni de tüketiyor.

Ona şöyle söyledim: 'Seninle ayrılıyoruz!'

Şaşırdı. 'Bu da nereden çıktı?' dedi. 'Yoksa biri mi var?'

Ne derece doğru sözlü olduğumu bilir. 'Hayır!' dedim, 'Biri yok!' 'Belki hiçbir zaman da olmayacak, bilemem! Ama, ister biri olsun, ister olmasın, bu duygular senin içinde olduğu sürece bizim mutlu olmamıza imkân yok! Ne sen perişan ol, ne de ben! Çünkü, sen beni bu derece sahiplendiğin, kıskandığın ve aldatılma endişesi içinde olduğun sürece, bize huzur yok. En iyisi yolun başında biz bu işi bitirelim!'

Çok ısrar etti, gerçekten biri mi var diye! Sonunda olmadığına kani oldu. Ama ben yine ayrılmakta kararlı olduğumu, bu duygularla bizim bir gün kesinlikle mutsuz olacağımızdan emin olduğumu söyledim. 'Ben hiç bir şey yapmasam bile bu duygular senin içinde olduğu sürece sen asla rahat olamazsın!' 'Ben de yanımda sürekli tedirgin biri varken nasıl huzurlu olabilirim ki!

Bu benim bir başkası ile birlikte olacağım için ya da yeniden evlenmeye kalkışacağım için değil, ama şu anda bile önemli. Ben sosyal bir adamım, mesleğim belli, bayanlardan uzak kalmam da mümkün değil.

Ortada hiçbir şey yokken bu derece huzursuz olabilen biri ya biraz gerçek olan bir şeylerle karşılaşırsa ne olacak?

Ben çocuklarımın annesi olacak kadınla düşman olamam. Hayatın karşıma ne çıkaracağını da bilemem. Nasıl gelecekle ilgili söz verebilirim ki! Kaldı ki, sözler versem de bu ne derece geçerli olabilir ki!"

BÖLÜM 12

İşte kadının ahret suali: "Ben bir erkek olsaydım, benim gibi bir kadını taşır mıyım?"

HER ERKEK, İKİ KADIN İSTER! YA DA BİR KADINDA İKİ ÖZELLİK..!

Erkeğin kadında aradığı iki özelliktir. Onu rahatlatacak, belki başka arayışlara sevk etmeyecek iki özellik; bir, "gönlünün kadını!" iki, "evinin kadını!" olabilmesi!

Erkeğin duygularına hitap eden "gönlünün kadını" olmak. Ve bunu tamamlayacak olan, onu ev içinde rahat ettirecek "evinin kadını" olma özelliği!

İşte erkek bu iki güzel özellikten vazgeçemez. Vazgeçerse hayatın tadı kalmaz. Bunları bir kadında göremezse, o zaman başka arayışlar kendini hissettirmeye başlar.

Erkeği, kadından yana mutlu edecek olan bu özelliklerdir.

Bir kadında iki özellik ya da iki kadında ayrı ayrı bu özellikler.

İki kadın! Biri çocuklarının annesi, evinin kadını! Çocuklarını büyütüp yetiştirecek olan "anne kadın" kişiliği.

İkincisi; bir dost, arkadaş, sevgili! Teselli edecek, günlük sıkıntıları unutturacak, hesap sormayacak, dert yansıtmayacak! Sahiplenmeyecek, kıskanmayacak, aldatıldığı duygusu ile tedirgin etmeyecek. Tartışmayacak, sitem etmeyecek; huzur verecek.

Erkek için, sadece çocuk doğurmak ve anne olmak yetmiyor. Dost da olmasını becerebilmek gerek! Yoksa, erkeğin dışarı yönelme tehlikesi her zaman olacak.

Bu iki güzel özelliğin aynı anda bir kadında toplanması elbette mümkündür. Ama bu bir sanattır; ne mutlu becerebilene!

Erkekte "Öteki Kadın" İhtiyacı

"Bir erkek için en cazip şey nedir?" diye bir soru sorulsa verilecek cevap şu: "Bir eşi varken başka kadınla birlikte olabilmektir!"

Bu, birçok erkek için böyledir. Özellikle de erkeğinin gönlünü boş bırakmış ve "evinin kadını" olmayı yeterli sanan kadınlar karşısında kalan erkekler için!

Bir tarafta çocukların annesi varken, erkeğin duygusal tatminini karşılayacak birinin daha olması erkeği cezbeder.

Evliliğin ilk zamanlarında, erkek bu ihtiyacı hissetmiyorsa, henüz gönlü boşalmış olmadığı içindir. Ama zamanlarda ihmaller ve aradaki negatif etkileşim ile bazı imkânların uygun hale getirmesiyle de ikinci birine olan ihtiyaç kendini hissettirmeye başlayabilir. "Öteki" de bu ihtiyacı karşılamak üzere ortaya çıkar.

Anne Olmak Yetmez!

Eşine çocuk doğurmayı yeterli sanan kadın aldanır. Bu, sadece erkeğin "baba olma" ihtiyacını tatmin eder. Ama bir kadına duyulan sevgi ve duygusallık ihtiyacı için bu yetmez.

Pek çok erkek kadına ilk yaklaştığında, çocuk doğuracak birini arıyor değildir. O, kadınsı özellikler sunacak olan bir dost arıyordur. Dost, sevgili!

Esasen birinci kadın da ilk başta bir arkadaştır, dosttur, sevgilidir. Sonradan bu özelliği ihmal eder, yitirir. Nadiren devam ettirmesini başaranlar da yok değildir.

✳ ✳ ✳

"Hayatımda önceden de kadınlar oldu. Hatta o kadar oldu ki, bıktım. Artık evlenebileceğim biri olsun istedim. Bunu ailem de istiyordu, nişanladık. Onu normal kıyafeti içinde görmüştüm, olabilir gibi geldi bana.

Bütün hazırlıklar bitti, düğüne bir kaç hafta var.

Geçen, evi düzenlemeye geldiler. Annesi, annem ve nişanlandığım kız. İki gün bir arada kaldık. Bende şiddetli baş ağrıları başladı. Çok sıkıntıdayım.

Onu daha yakından ve daha açık kıyafetlerle gördüm, çok kötü oldum, soğudum. Asla bana hitap etmiyor diye düşünüyorum. Elimde değil, ben ona ısınamıyorum. Hele şunca tanıdığım kızlardan sonra!

Ben sadece çocuk doğuracak biri değil, arkadaşa ihtiyaç duyuyorum.

En son çıktığım bir kız vardı, evlenmeyi asla kabul ettiremedim. Gerçi ailem de onu kabul etmezdi. Ama onun üzerine bu çok yavan geliyor.

Sanki, evlenirsem, daha doğrusu onunla evlenirsem her şey bitecek gibi geliyor bana. İçimde büyük bir sıkıntı ve endişe var. Onun hayatı ile de oynamak istemiyorum. Ben onunla evlenirsem, kesin başkaları da olur. O beni eve bağlayamaz.

İstemiyorum ama aileme anlatamıyorum. 'Düğün olacak, alışırsın!' diyorlar. Onlar, benim evlenmekten korktuğumu düşünüyor. Eşyalar yerleştirildi. Kanepede yatıyorum, getirdikleri yatak odasında yatmıyorum.

Ailem ısrar ettikçe, idam sehpasına sürükleniyor gibi hissediyorum kendimi!

Keşke hiç kadınları tanımamış olsaydım, belki o zaman bu endişelerim olmazdı."

"Beni Bıraksın da!" Demeyin

"Beni bıraksın da, kimi alırsa alsın!" tepkisi, bir çok erkeği zor durumda bırakır.

Bir kadınla evli olmadan, birden fazla kadınla ilişkide olmak çoğu erkek için hiç de cazip değildir.

Esasen, erkek istedikten sonra kimse, boşanarak başkalarına yaklaşmasına mani olamaz.

Erkek için ihtiyaç; iki ya da daha fazla kadına sahip olmaktan çok, çocukların annesi anlamında bir kadın, duygusal ağırlıklı olmak üzere biri daha!

Çocuklarının annesi elbette kıymetli; hem de uğrunda hayatı tehlikeye atacak kadar!

Birinin daha olması, erkeğin birinciyi gözden çıkardığı anlamına gelmez.

Hatta birinci çoğu zaman o kadar önemlidir ki, erkek zor durumda kalırsa birinciyi kaybetmemek için duygularını öldürüp eve de dönebilir. Bu onun korktuğu anlamına asla gelmez. Ama böyle bir erkekten birinci kadına da çok fazla güzellik yansımaz. O artık motivasyonu bozulmuş biridir.

Görünüşte "evdeki"nin, gerçekte ise hiç kimsenindir!

"Beni bıraksın da kime giderse gitsin!" diyen bir kadın, belki erkeğinin bir başkasına yakın olmasını önleyebilir ama onu kendine yaklaştırmayı başaramaz!

"Erkeğiniz Sizden Kaçıyorsa!

Eşiniz sizden değil de genel manada kadınlardan kaçıyorsa işiniz zor. Yapabileceğiniz hemen hemen hiç bir şey yoktur. Yok, eğer, kadınlardan değil de, sizden kaçıyorsa, bunun üzerinde düşünmek ve cevabını bulmak da size düşer.

Siz önce ruhen, sonra da bedenen erkeğiniz tarafından tercih edilecek durumda olup olmadığınıza bakmalısınız. Ruhsal ve bedensel özelliklerinizle onu kaçırıyorsanız yanınızda olmasını bekleyemezsiniz.

"Ben Bir Erkek Olsaydım!"

Eşi bir başkasına meyleden kadın, kendini eşinin yerine koyarak; "Ben bir erkek olsaydım, benim gibi bir kadını taşır mıyım?" sorusunu kendine sormalı. Bu soruya verilecek cevaptan sonra erkeği biraz daha iyi anlamak mümkün olabilir.

"Başka derdim yoktu! Eşime hitap edip edemediğimi kendime soracağım! Bana ne! Çok mu önemli!" demiyorsanız, o zaman biraz öz eleştiri yapmanız gerekebilir.

Erkek karşısında bir gayret göstermeyen, hazırlanma ihtiyacı duymayan, birliktelikten haz almak için yeterince istekli davranmayan, kendine bakmayan, kilosuna dikkat etmeyen ve evlenme cüzdanına yazdırdığı adı ile kendini garantide zanneden bir kadının geleceği yoktur. Böyle biri karşısında erkek kendini serbest hisseder.

❋ ❋ ❋

"Bizim hanım o kadar rahat ki, hiç umursadığı yok. İlaçları da boşuna kullanıyor. Evlendiğimizde 57 kilo idi, şimdi 100 kiloya yaklaştı. Kendisine hiç dikkat etmez, bana ilgisi sıfır.

Dönüp arkasını yatıyor. Yanında mıyım, değil miyim umursadığı yok.

Öyle sanıyorum ki, benden de emin. Her hangi bir şey yapmayacağımı biliyor. Tekrar evleneceğim desem asla inanmaz. Esasen ben de böyle bir şey yapamam, ne yapmam gerektiğini de bilmiyorum.

'Ben seni aldığımda böyle miydin, niye kendine bakmıyorsun?' diyorum, ama hiç bir şey anlamıyor!"

Duygular Elde Değil

Davranışlarınızı kontrol edebilirsiniz; düşüncelerinizi de! Ama duygularınız sizin elinizde değildir. Onları dilediğiniz gibi oynatamazsınız.

"Dilediğime aşık olur, istemediğimden nefret ederim!" diyemezsiniz. "Olmaz bir duygu" hissettiğinizde, kendinizi o kişiden uzaklaştırmanız mümkün; ama, kalbinizi çekip almak elinizde değildir!

Duygular zamanla değişir.

Oturur, sabreder, beklersiniz değişmesini, azalmasını! Unutur gidersiniz belki! Ama, bu bir gecede olmaz. Zorla da olmaz. Ya gereğini yapar fiiliyata dökersiniz ya da kalbinizde saklar; "derdim ile bi hoşem!" der, aşık olduğunuz kişiyi bırakır, aşkınızın hazzını yaşarsınız.

Bunu da bir utanç olarak görmezsiniz! Duygularınızı öldürmeye çalışarak kendinizi öldürmeniz şart değil! Kaldı ki, kendinizi öldürseniz de duygularınız ölmez! Çünkü, beden ölse de, duygular ruhla yaşamaya devam eder.

Aşk Bir Hastalıktır! İlacı İse "Vuslat!"

Aşk bir hastalıktır ve tek bir ilacı vardır. Ünlü divan şairi Fuzuli'nin dediği gibi:

"Kılma derdime derman kim, tabip!
Derdimin zehri dermanındadır!"

Eşiniz aşka mı tutuldu? Hastadır öyleyse!

Hastaysa anormaldir. Ondan normal bir davranış bekleyemezsiniz!

Bu öyle bir hastalıktır ki, "vuslat"tan başka bir ilacı da yoktur.

Vuslat; kavuşma, buluşma, birlikte olmak.

Ancak vuslattır ki, aşk hastalığının ilacı olur; onu yok eder. Kavuşma (vuslat) aşkı giderir.

Birliktelik sorumluluk getirir. Sorumluluklar mecburiyetleri, mecburiyetler sıkıntıları, sıkıntılar bahaneleri ve kusur aramayı tahrik eder; bu da aşkın sonudur.

Erkeğiniz aşık olduysa, onu sadece vuslat kurtarır bu dertten! İlişmeyin, mani olmayın gitsin, aşkını öldürsün, dönüp gelir sonradan!

"Dayanamam!" derseniz, aşk hastalığına tutulan kişi ile savaşmaya asıl siz dayanamazsınız.

Onu engellemeye kalkıştıkça, hastalığı daha da depreşir. Gözü hiç bir şeyi görmez, sizi de!

Bırakın, vuslatla sessiz sedasız aşkını kendisi öldürsün!

Yoksa, onun, sizin yanınızda hep "biri" için şu şarkıyı mırıldandığını duyar gibi olursunuz:

"Bir şarkısın sen!

Ömür boyu sürecek,

Dudaklarımdan yıllarca düşmeyecek,

Biiiir şarkısın sen!"

Yanınızda ya "Leyla" olmuş bir erkek ya da duyguları körelmiş bir canavar bulunacak! Hangisine tahammül edebilirsiniz ki!

Kadınların Duyguları Yok mu?

Var elbette! Kadın ya da erkek... İnsanlar duyguları ile insandır. Duyguları öldürürseniz, insanı öldürmüş olursunuz!

İnsanı insan yapan kuru bilgiler değil, duygulardır. En insani duygu da şüphesiz ki sevgidir! Sevgiyi tanımamış insan yaşamamış gibidir. Sevgiye saygı, insanlığa saygıdır!

Kadın da sever, erkek de! Kalplerdeki sevgi için de kim kimi suçlayabilir ki!

Erkekler, sevmekte ve sevgisini ilan etmekte acelecidirler. Ancak kadın için, biri varken, bir başkasına sevgi hissetmek ağır bir yüktür. Kadın bu yükü taşıyabilir mi?

Hele birinin nikahındayken sevgisini açıklar ve bunu cinsellikle de kirletirse ruhen zarar görmekten kurtulamaz. "Bir"e göre yapılandırılmıştır onlar.

Kabul etmek gerekir ki, bir kadın, bir başkasını sevdiyse, berikine karşı sevgisi yoktur. Onu kimse sevmediği birine mahkûm etmemeli, kendisi bile!

Eşini, "İkinci"ye Şikayet Eden Erkekler

Evli biri ile yakınlığı gelişmiş ikinci kadınların en çok merak ettiği şey, erkeğin, evdekine olan ilgisidir. Bununla birlikte, evde biri varken neden bir başka kadına ilgi duydukları hakkında her şeyi bilmek isterler.

Erkek ise yeni birine yakınlaşmasının mazereti ya da bahanesi olarak, eşiyle ilgili konuları anlatmaya istekli olabilir.

Bazı ikinci kadınlar erkeğin eşinden şikayet etmesinden umuda kapılırken, bazıları da bunu erkekte kalite düşüklüğü ve güvenilmezliğin bir işareti olarak görür.

❋❋❋

"Daha önce tanıdığım erkekler hep bana eşlerinden yakınırdı. Şimdiki bana hiç eşinden dert yanmadı.

Karşıma çıkan erkek evliyse ve eşinden şikayet ediyorsa, şöyle düşünürüm; 'Bu adam eşi ile geçinmeyi başaramamıştır. Ondan ayrılıp benimle evlense, beni de onun konumuna düşünür. Evdekine davrandığı gibi bana davranacak ve aynı problemleri benimle yaşamaya başlayacak!'

Bunun için, eşi ile aralarında problemler olduğundan bahseden erkeklere karşı, hep güvenilmez oldukları yönünde bir kuşku taşımışımdır içimde! Bunda da haksız olmadığımı hem kendimde, hem de arkadaşlarımda gördüm. Dediğim gibi bu farklı. Ben yoklamak istesem de, o, eşinden şikayet etmekten özellikle kaçınıyor. Bu da beni ona çekiyor."

Erkek İçin En Zor Karar

"Birinci" ile "Öteki" Arasında Kalan Erkek Zorlanırsa Ne Yapar?

Çoğu erkek için hayatta en zor karar, iki kadın arasında tercih yapmaktır. Özellikle de ikisine karşı kendini borçlu hissediyorsa, ikisine de sevgi duyuyor ve değer veriyorsa, işi daha da zordur. Hele bunlardan biri eşi, diğeri dost ve arkadaş olarak sevdiği ise!

Erkek, "ikisinden biri"; ya o, ya bu dayatması ile karşılaşınca şaşırır, donakalır. Kolay kolay adım atamaz.

Duygusal ve ruhsal bütünlüğü ile bir tarafa yönelmesi zordur. Nereye yönelirse yönelsin, rahat edemez.

Bu tereddüt, ikisinden de kopamadığı içindir.

Bir yana dönse, ruhunun bir kısmı öbür tarafa takılı kalır. Kendi iradesi dışında baskılarla yapacağı tercih ise, onda, uzun bir süre kapanması zor yaralar açar.

Baskı ve zorlamalar onu üç ayrı yoldan birine sevk eder. Ki, bu yolların üçü de baskılar ölçüsünde sağlıksız olur.

I. Eve Dönebilir

Eşi ve çevresi tarafından yapılan zorlama ve baskılarla erkek eve dönebilir. Ama hiçbir şey olmamış gibi davranamaz. Çünkü içi rahat değildir.

İstenmeyen psikolojik tepkilerden, cinsel sapmalara kadar, erkekte meydana gelecek ve kadını rahatsız edecek durumlar gelişir. Hulasa, baskı ve tehditlerle eve dönen erkeğin tadı yoktur.

II. Ona Gidebilir

Eşini terk edip ötekine gidebilir. Baskı altında adeta kendini ispat etme arzusu ile karar verip giden erkeğin bu kararı taraflara huzursuzluk verir.

Evinden ve çocuklarından zorla koparılmış olmanın sıkıntısı içinde olur. Eşinin davranışları çok kötü olmamışsa, ona karşı da içi rahat değildir. Hele arkada bir de çocuklar varsa!

III. İkisini de Terk Edebilir

İkisi arasında kalmaktan bunalan ve bir türlü karar veremeyen erkek, eğer iki taraftan da baskılara, dayatmalara maruz kalıyorsa, o zaman her ikisinden de uzaklaşmayı kurtuluş olarak görür.

Bu taktirde, birisine yaklaşarak öbürüne haksızlık yapmış olmak gibi bir durumda olmadığı için vicdanen biraz daha rahattır.

Kadınlar ise, onsuz kaldıkları için sıkıntı çekerken, diğerine bırakmamış olmanın tesellisi ile avunurlar.

Çok eşlilik meylini fiiliyata çıkaran erkeğin, baskı ve engellemelerle içine gireceği bu üç yol da kimseye hayır getirmez.

❖ ❖ ❖

"Önce inkâr etti, sonra kabul etti. Ailem de, ben de çok baskı yaptık; 'olmaz, bu böyle devam edemez!' diye.

Sonunda o kızı aldı kaçtı. Bir arkadaşının yanında on beş gün kalmışlar.

Sonra çıkageldi. 'Bu iş bitti!' dedi. 'Ben senden boşanıyorum!'

Kızın ailesi, "alıkoyma"dan dolayı şikayet etmiş. Biz de "zina" davası için şikayette bulunduk.

Benimle anlaşmak istedi. 'Boşanmayı kabul et!' dedi. Her şeye rağmen gitmesini istemedim. 'Hayır olmaz! Boşanmam!' dedim.

Ben istemeyince, hakim onun açtığı boşanma davasını reddetti.

Bir çocuğumun olması beni düşündürüyordu. Onsuz geçen geceler benim için kâbustu, cehennemdi.

Daha fazla dayanamadım, umudum kalmadı, bu sefer de ben ayrılmak istedim. Hakim bir celsede bitirdi.

"Benden boşandı, birlikte yaşadığı kızla nikah kıydı.

Aradan bir yıl geçti. Zaman zaman çocuğu alıp gezdirmek için geliyor. Sanki benim tanıdığım kişi gitmiş, yerine apayrı biri gelmiş. İçki nedir bilmezdi. Aksine evlenmeden önce ben çok serbest biriydim, o tutucuydu. Hayatımı değiştiren de o olmuştu. Nereden nereye! Şimdi ona bir mürşit lazım.

Yeni eşine de çok kötü davranıyor, dövüyor, hakaret ediyormuş. Öyle diyor tanıyanlar. Çocuğum babasına gittiğinde de gelince aynı şeyleri anlatıyor.

Neden böyle oldu, bir türlü anlayamıyorum, acıyorum ona.

Nerede hata yaptığımızı düşünüyorum. Onunla da, onsuz da benim huzurlu olmam artık çok zor. Ama ona da yazık oldu."

Dönsün Mevlana Gibi!

"Bir adam, pazarda bas bas bağırıyor, tehditler savuruyor:

'Bana bakın! Ben öyle bir adamım ki, bir kötülük edene bin kötülük ederim! Bana bir söz söyleyene bin söz söylerim!'

Etrafına kalabalık toplanmış, meraklı bakışlarla adamı izliyorlar. Belli ki, birine ya da birilerine kızmış.

O sırada Mevlana çıkagelir öteden, kalabalığın arasından geçerek adama yaklaşır, sonra;

'Bana bak arkadaş!' der. 'Ben öyle bir adamım ki, bana bin söz söyleyen, benden bir söz alamaz! Bana bir kötülük eden, benden bir kötülük göremez!' Sonra döner arkasını, gider. Kalabalık da arkasından! Kızgın adam ise şaşkın bir vaziyette bakakalır arkalarından."

Mevlana'nın sesine kulak vermek gerek!

Altta kalmamak çoğu zaman şeytandandır.

Biri bir şey yaptı diye kıyametler koparmak kendi kıyametiniz olabilir.

Kar topu olur, büyür öfkeniz. Öyle ki, dağdan kopup gelen çığ gibi altında kalırsınız. Zamana bırakmalısınız bazı şeyleri. Dönecekse! Dönecek olan, kendi dönsün gelsin!

Bırakın onu kendi haline "Dönsün Mevlana gibi!"

"Erkeğini Elde Tutma"nın Sırrı

Bir kadının erkeğini memnun etmesinin sırrı; "onu, bir başka kadının erkeği gibi" görüp, kendini ikinci kadının yerine koyup, onun davrandığı gibi davranmaktır. O kadın neyi, nasıl yapıyorsa öylece yapmak!

Şikayet ve sitem etmeden! Tartışmadan!

Gerekli, gereksiz her şeyi problem etmeden!

Ve en önemlisi; erkeği mıknatıs gibi çeken bir görüntü oluşturmak; "Erkeğin yanında mutlu görünebilmeyi başarmak!"

Bir şey daha; "Erkeği sahiplenmek yerine ondan istifade etmeyi amaçlamak!"

"Sevgi bunun neresinde?" diye yanlış bir soru akla gelmemeli.

Bunları yapmadan ve onun yanında mutlu ve memnun olduğunuzu göstermeden, sevdiğinizi nasıl belli edeceksiniz?

Seven, her şeyi problem etmez.

Seven, sevdiğinin yanında mutlu olduğunu gösterir. Aynen o, "öteki kadın" gibi!

Özellikle, onu "her şeyiniz olarak görmek"ten vazgeçin! O sizin "her şeyiniz" olsun derseniz, sonunda "hiçbir şeyiniz" olmadığını görür, yıkılırsınız.

BÖLÜM 13

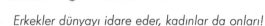

Erkekler dünyayı idare eder, kadınlar da onları!

"ÖTEKİ KADIN"IN DAYANILMAZ CAZİBESİNDEKİ SIR

Evli bir erkeği çoluğundan çocuğundan, karısından kızından, eşinden dostundan, geçmişinden geleceğinden, icabında işinden gücünden koparan, alıp götüren cazibe.!

Olağanüstü fedakârlıkları göze aldıran, olmaz işler yaptıran, her şeyini tehlikeye atarak, pek çok zorluklara göğüs gererek, erkeğin peşine düşüp gittiği öteki kadındaki bu dayanılmaz cazibenin sırrı ne?

"Evdeki" de bir kadın olduğu halde terk edilirken, yine sadece bir kadın olan "öteki"nin bu çekim gücü nereden geliyor?

"Kadın!"; Çoğu Erkek İçin Büyük Motivasyon!

Pek çok erkeği bu derece tesir altına alan, ona iyi ve kötü işler yaptırmakta bu denli etkili olan başka bir beşeri güç daha var mı!

Kadınca duygusallık, cinsellik ve doğurganlık da dahil olmak üzere, tüm kadınlığı ile erkek üzerinde öyle bir motivasyon meydana getiriyor ki, bunun yerine geçecek bir başka güç, ancak yine bir başka kadın olabilir!

Dünyadaki En Büyük İktidar Gücü

Dünyanın birçok ülkesinde yüz binlerce çalışanı bulunan çokuluslu bir şirketin yöneticisi, milyarlarca dolarlık varlığı ile birçok devletin bütçesini aşan bir servetin sahibi, hükümetleri bile yönlendiren bir adamın üzerinde en etkin kişi; bir "kadın!"

Ülkeler fetheden, ordular yöneten, zaferden zafere koşan cihangir bir imparator üzerinde en çok sözü geçen yine bir "kadın!"

Astığı astık, kestiği kestik diktatörlerin bile karşılarında uysal bir kedi gibi davrandıkları kadınlar! "Öteki" ya da "beriki!" Sonuçta o da, bu da "kadın!"

Erkek üzerindeki bu etki gücünün kaynağı; kadının ne aklı, ne bilgisi ve ne de zekâsı! İktidarlar üzerinde iktidar sağlayan güç; tamı tamına "kadınlık!"

Erkekler toplum üzerinde hakimiyet sahibi, kadınlar da onlar üzerinde "kadınlığı" ile hakim!

"Avni" mahlası ile şiirler yazan Fatih Sultan Mehmet sevgilinin karşısında kendini "karınca"ya, sevgilisini ise ihtişamın timsali olan "Süleyman"a benzetiyor!

Süleyman karşısında, karınca misali; seven erkek!

Öteki Kadının Sırrı

Sır burada!

"Öteki" kadının bu gücü kendi şahsından değil, kadınlığından gelen güçtür.

"Birinci kadın"ın, bazen kiloları, bazen hırçınlığı, şikayet, sitem ve tartışmaları ile üzerini örttüğü, unutturduğu, körelttiği, gözden düşürdüğü; "ikinci"nin ise bilinçli bir tarzda daha bir ustalıkla sunduğu "kadınlık!"

Erkeğin aklını başından alan ve icabında akıl almaz işler yaptıran güç!

Birincide de mevcut bulunan, ancak kullanmasını beceremediği ya da unuttuğu kadınlık! Yaratıcının bütün kadınlara lütfettiği, cinselliğin de ötesinde, o harikulade özellikleriyle; "kadınlık!"

Erkeği, sadece bu hayat için değil, öbür dünya için de motive eden güç; kadınlıktaki o harikulade yaratılış!

Bu büyük gücü kullanacak bilgi ve akıldan uzak kalınca hiç bir işe yaramayan, hatta kadının başına dert olan yetenek, mutsuzluğun da kapısı!

İşin sırrı, kadınlığını koruma ve kullanma becerisinde gizli!

"Kadınlığını Kullanma"da "Öteki Kadın"ın Yedi Özelliği

Öteki kadının erkeğe karşı davranışları tahlil edildiğinde, onun evdeki kadından farklı bazı özellikleri dikkatimizi çeker.

Erkeğe son derece cazip gelen bu özellikleri şöylece sıralayabiliriz;

I. Erkek İçin Hazırlandığını Hissettirmek

Öteki kadın bakımlı görünmek için kendine daha bir özen gösterir. Erkeği için hazırlamasını, bunu onun için yapmakta olduğunu hissettirmeyi başarır.

II. Minnet Duygusu İçinde Olduğunu Göstermek

Evdeki kadın istek ve tavırları ile erkeği öfkelendirme, kızdırma ve bıktırma etkisi oluştururken, öteki kadın erkekte acındırma ve minnet duygularını harekete geçirir.

Birinci kadın, en ufak bir problemi sinirli ve kızgın bir ifade ile dile getirirken; ikinci kadın erkeğin himayesine girmek için kendini acındırmasını, mahsun görünmesini iyi bilir. Bu çoğu zaman da bir rol değil, gerçeği ifade eder.

O, erkeğe muhtaç olduğu hissini verir. Onun yalnızlığı erkekte acıma duygusunu uyandırır. Acıma duygusu yardım etmeyi; yardım etme korumayı, koruma sahiplenmeyi, sahiplenme duygusu ise birlikte olmayı getirir.

Acıma duygusuyla başlayan ve birlikteliğe kadar varan ilişkiyi erkek kolay kolay terk edemez. Onu yalızlığa terk etmeyi erkekliğe yakıştıramaz. Bunun için eşi ile kavga etmeyi bile göze alabilir.

III. Erkeği Mutlu Etme Gayreti

O, kendisiyle ilgilenen erkeğin, evinde mutsuz olduğunu düşünür. Gördüğü yakınlık ve ilginin karşılığı olarak onu mutlu etmeyi kendine görev bilir.

Gerektiğinde teselli edici ve moral vericidir. Taktir, teşvik, beğeni hatta hayranlık duygularını hissettirmesini becerir.

VI. Cinselliği İyi Değerlendirmesi

Birinci kadının cinsellik konusundaki ilgisizlik ve uyuşukluğuna karşılık, öteki, bunu erkeği cezbedecek tarzda sunmasını bilir. Her ne kadar erkekler bencil gibi görünürlerse de, karşısındaki kadının bu işten haz duyduğunu görmek ona şevk verir. Bundan haz duyduğunu göstermeyi bilir.

V. Erkeği Kıskanmadığını Göstermek

Erkeğini sahiplenmeden, mümkün olduğunca kıskanmadan ya da kıskandığını hissettirmeden, onun bir eşi olduğunu bile bile birlikteliği sürdürebilmesi başarının en önemli unsurudur.

Beraber olduğu kadın tarafından, kıskanılmadığını görmek erkeği mest eder. Bunun vereceği rahatlığın yerini hiçbir şey tutamaz.

VI. Erkeğe Mutlu Görünebilmeyi Başarmak

Öteki kadın, erkeğe mutlu görünmesini başarabilen kadındır. Erkek, kendisine mutlu görünebilen kadının yanında mutlu olur. Kim ve hangi kadın olursa olsun; suratı asık ve huzursuz görünüyorsa, erkek onun yanında kendini kötü hisseder. Çünkü, bu, erkekte başarısızlık duygusu oluşturur.

"Ben bu kadını mutlu etmeyi başaramadım" kanaati, aynen bir kadınla yatağa girip başarılı olamayan erkeğin mahcubiyetine ve bunun sonucu uzaklaşma isteğine benzer.

Bir kadını mutlu etmeyi başaramadığı kanısına varan erkek onun yanında sıkılır ve uzaklaşır, mutlu görünen kadına yaklaşır.

Erkek, onun yanına giderken bilir ki, orada, gelmesini dört gözle bekleyen, kendisi için hazırlanan ve yanında olduğu zamanı en iyi değerlendireceğinden şüphe etmediği biri var. O, her hareketi ile; "ne olur, en kısa zamanda tekrar gel!" dercesine memnun, istekli ve arzulu görünerek erkekteki "başarı" duygusunu tahrik eder. Böyle bir kadından daha çok erkeği motive eden ne olabilir ki?

VII. Onun "Kadını" Olduğu Duygusunu Tattırmak

Erkek birinciye "eşim" diye bakmanın getirdiği sorumluluklarla tedirginlik hissederken, ötekine "kadınım" diyerek, yaklaşmanın rahatlığını ve gururunu yaşar.

Erkeğe kendisi için önemli ve özel biri olduğunu hissettirmek son derece önemlidir. O bunu becerdiği ölçüde ilgi görür.

Birinci kadın gibi "bunları yapmaya mecbursun!" havası vermez. Resmî bağı olmadığı için gönül bağını güçlendirmeye özen gösterir.

"Evdeki"nin Eksikleri, "Öteki"nin Artıları

Bütün bu anlatılanlardan sonra gelelim şimdi öteki kadının birinci kadına fark atan davranışlarına!

Birinci kadının gözden düşmesine karşılık, o, neleri nasıl yaparak erkeğin gözünde ve gönlünde yer ediyor? Ya da o, birinci kadının yapmayı inatla sürdürdüğü neleri yapmıyor?

Yaptıkları ve yapmaktan özenle kaçındıkları ile başarısını nasıl pekiştiriyor?

I. Aldığı ile yetinmesini bilir. Erkeği sıkboğaz etmez. Çaktırmadan ya da gönüllü olarak aldıkları yettiği sürece en iyi duygusallığı gösterme gayretinde kusur etmemeye çalışır. Varlık sebebinin bu olduğunu asla unutmaz. Unuttuğunda her şeyin biteceğini, büyünün bozulacağını bilir.

II. Erkeğe, bir çocuk gibi her isteğini ve derdini yansıtmaz. Sorumluluk yüklemez. Çoğu problemlerini kendisi halleder. Böylece erkeğin onun yanında daha rahat olmasına imkân verir.

III. İsteklerini doğrudan dile getirmektense kurnazlıkla elde etmeyi yeğler.

VI. O, enerjisini boşa harcamaz. Birinci kadın, bütün gücünü erkeğini denetlemeye harcarken, öteki kadın bütün yeteneklerini, her anlamda ondan istifade etmek için kullanır. Birincinin sitem, şikayet ve tartışma yoluyla elde edemediklerini, o ısındırarak almakta oldukça başarılı olur. Daha doğrusu bu özellikleri ile erkekten bir şey istemesine gerek kalmadan erkek ona gönüllü olarak verir.

V. Birlikte oldukları her gün, özel bir gündür onun için! Sadece özel günlerde eşinin gönlünü yapmayı akleden ya da bunu bile yapmak içinden gelmeyen birinci gibi davranmaz.

VI. Erkeğini sahiplenmez. Tam aksine, erkeğin kendisini sahiplenmesi sebebiyle minnettar ve müteşekkir olduğunu söz ve davranışlarıyla gösterir. Karşısındaki erkekte, kadını sahiplenme ve koruma içgüdüsünü kuvvetlendirerek bundan istifade eder.

VI. Somurtkan bir ciddiyet göstermez. Gülmeyi bilir; neşeli, sevecen ve cıvıl cıvıl görünür. Yanındaki erkeğe neşe ve mutluluk saçmaya özen gösterir. Duygusal yakınlığı gölgede bırakacak "erkekçe" davranışlar yerine, 'kadınca' davranabilme gayreti içindedir.

VII. Erkeğin problemleri karşısında akıl verici bir edayla; "ben sana dememiş miydim?" gibi, erkeği, ağzını açtığına pişman eden bir tavrı yoktur. Onu, zorlukların üstesinden gelebileceği konusunda motive etmeye çalışır. Birincinin sıkıntılar üzerine tuz biber olan tutumu yerine, o teselli edici, moral verici olur.

VIII. Asla suçlamaz, dostça yaklaşır. Dertleşme ve arkadaş olma ihtiyacını karşılar.

IX. Güzel günlerimiz olacak beklentisi yerine, güzel günler yaşamakta olduğunu bilir. İçinde bulunduğu ânın tadını çıkarırken, bu lezzeti karşısındakine de tattırır. Karşılıklı memnuniyet çoğu zaman maddi konulara da yansır. Hayaller kurmak yerine, davranışları ile maddi ve moral alacaklarını peşin olarak almış olur.

X. Birinci kadın, davranışları ile, erkekte, "ne yapsam yaranamıyorum" duygusunu ortaya çıkarırken, diğeri, erkekte meydana getirdiği uyuşturucu alışkanlığı gibi memnuniyetle, çok sık iltifat görür.

XI. Birinci kadın resmiyeti bir garanti zannetmenin gevşekliği içinde iken, "öteki kadın" resmî bir bağı olmadığı için "birinci"ye göre daha özgür olmanın ruh rahatlığını yaşar.

Terk edilme sıkıntısından çok, gerektiğinde ayrılma kolaylılığı onu ferahlatır.

BÖLÜM 14

*Her zaman kadının kabahatli olması gerekmez.
Bazı erkekler doyumsuzdur, bir melek verseniz,
bir melek daha isterler!*

"ÖTEKİ KADIN"IN KİMLİĞİ

Evli bir adamı, karısından kızından uzaklaştıran, çoluğundan çocuğundan koparan, icabında işinden gücünden eden, anasını babasını kırmasına, evini barkını terk etmesine, belki memleketinden bile göçüp gitmesine sebep olduğu düşünülen "öteki kadın" kimdir?

Bir kadınla yakınlığı bulunan erkeğin, bu birliktelik devam ederken ilgi duyduğu diğer kadına, daha çok "öteki kadın" denir.

Birinci kadının, adını bile duymak istemediği, rüyasına girse kâbuslarla kan-ter içinde uyanmasına sebep olacak, "öteki kadın" nasıl biridir?

Çok kimsenin anlayış göstermediği, anlayış göstereni bile şiddetle suçladığı "öteki" kadını anlamak, problemi kavramak için gerekli.

Bir Kadını "Öteki" Olmaya Sevk Eden Sebepler

Kadınlar, genellikle, beraber olacakları erkeğin bir başka kadına yakın olmasını istemezler. Bu, ikinci kadınlar için de geçerlidir. Ancak bazı şartlar bir kadını evli bir erkeğin ilgi alanına girmeye zorlar.

Gönüllü olmasalar bile, toplumun adlandırmasıyla "öteki" olmayı bir yazgı gibi algılayanlar olabilirler. Bazılarında ise kaçıncı olduğunun ve erkeğin başka kimlerle ilgilendiğinin hiç bir önemi yoktur.

Tek bir sınıflandırmaya sokulamayacak kadar farklılık gösteren "öteki kadın tiplerini" anlamamıza yardımcı olacak sebepleri irdelemeye çalışalım.

Bir Erkeğin Himayesine Sığınma İhtiyacı

Hayatı tek başına yaşayabileceği konusunda kendine güveni ve birikimi bulunmayan kadınlar birinin himayesine daha çok ihtiyaç duyarlar. Bu ihtiyacı karşılamak için en uygun olanı da "eş" rolünde bir erkektir.

Zorlukları göğüslemekten aciz olanlar, kendilerine yakın olacak erkeğin bir başka hanımı olmasını problem etmeyebilirler. Bunlar hayatın sıkıntıları karşısında bir anlamda kurtarıcı arayan kadınlardır.

Burada birinci derecede önemli olan bu ihtiyacın karşılanmasıdır. Formaliteler ikinci plandadır.

Bekâr Bir Erkek Bulma Zorluğu

Her insanda bedensel ve psikolojik ihtiyaçlar, hem duygusal, hem cinsel açıdan karşı cinsle birlikteliği gerektirir. Kadınlar erkekler gibi ihtiyaçlarını kolay yollardan ve rastgele gidermeye yatkın değillerdir. Birini sevmek, güvenmek ve ona bağlanmak onların psikolojilerine daha uygundur. Bu sebeple bir kadın, uygun bekâr bir erkek bulamamışsa, evli bir erkeği hiç yoktan iyi olarak görüp ona yönelebilir.

"Erkek Gibi Erkek" ile Birlikte Olma İsteği

Evlenmiş ayrılmış ve erkek milletini biraz tanımış olan kadınlar, erkekte kalite arar. "Erkek gibi" bir erkeği gözüne kestirdiğinde de evli olmuş olmasını önemsemezler. Onu, pısırık bir bekâr bir erkeğe tercih ederler.

"ÖTEKİ KADIN"IN KİMLİĞİ 99

Erkeğin İmkânlarından İstifade Etme Arzusu

Evli de olsa erkeğin sahip olduğu imkânlar bazı bayanların ilgisini çekebilir. Daha iyi bir hayat için, duygusallık olmadan da erkeğe yaklaşan kadın erkeğin birden çok ilişkisine konu olabilir.

Bekâr birinin tecrübesizliğine ve belirsizliğine karşılık, maddi imkânları da cazip olan evli erkeğin olgunluğu ve birikimi bir kadın için daha güvenilir görülebilir.

Değer Verilme, İltifat Görme İhtiyacı

Kadınlar başkaları tarafından beğenilme ve değer verilmeyi çok önemserler. Özellikle dişiliği ön planda tutanlar için, erkeklerin iltifatları hayati önem arz eder.

Ortada çok ters bir durum yoksa, kendisine değer verdiğini hissettiği erkeğe, bol bol da iltifat görüyorsa meyl edebilir. Bu meyletme uygun şartlarda birlikteliğe dönüşebilir.

Sevme ve Sevilme İhtiyacı

Bu ihtiyaç, insanoğlunun en temel ihtiyaçlarından biridir. Kadın da, erkek de sever. Ama kadınlar sevgide daha ileri ve ciddidirler. Sevgileri ve sevdikleri için fedakârlığa katlanırlar. Hatta evli bir erkeğe ikinci eş olmayı bile göze alabilirler.

Öteki Kadın Tipleri

Evli bir erkeğin ilgilenmek durumunda bulunduğu kadınları tek bir katagoriye sığdırmak mümkün değildir. Konunun daha iyi anlaşılması ve yanlış kanaatlerin oluşmaması için bunları şöyle sınıflandırabiliriz:

I. Sadece Bir Erkek İhtiyacı İçinde Olanlar

"Kocam beni aldattı. Kavgalar ettik, ayrıldı gitti. Daha doğrusu o kızla birlikte kaçtılar. Sonra da ben mahkemeye başvurdum, ayrıldık. Çocuklarım da var. Kendi kendimi geçindirecek kadar ev işleri yapıyorum. Çok af edersiniz, gerçekten utanıyorum ama yalnızlık çok zor. Geceler beni gerçekten mutsuz ediyor.

Eşimin sıcaklığını özlemediğimi söylersem yalan olur. Son zamanlarda 'neden beni kabul eden biri ile birlikte olmayayım' diye düşünmeye başladım.

Bunları sizinle konuştuğum için özür dilerim ama bana bir yol göstermenizi istiyorum. Birinin hanımının ölmesini ya da hanımı ölmüş birinin beni gelip bulmasını beklemek, bana çok da mantıklı gelmiyor. Böyle biri karşıma çıksa bile benim onu isteyeceğimi, beğeneceğimi nereden bileyim. Evli ve dürüst birinin eşi olmak çok da kötü olmasa gerek. Aslında böyle biri var. Bana ilgi duyuyor. Benim de ona karşı boş olmadığımı hissediyorum. Bunu sizinle konuşmak için geldim."

II. Özgürlüğünden Vazgeçmeden Bir Erkekle Birlikte Olmak İsteyenler

"Ben daha önce evliydim. Her şeyime karışıyordu. Beni çok sıkıyordu. Ağzından sevgi sözcüğünün çıkmaması için adeta özel gayret gösteriyordu. Başkaları ile konuşurken şen, şakrak, çok iyi, bana gelince çok ciddi oluyordu. Bu beni çileden çıkardı. Sonunda ben bu adama tahammül edemeyeceğim diye karar verdim. Zorluk çıkarmadı, ayrıldık.

Çalışıyorum. Asla kötü bir hayat yaşamayı düşünmedim. Biri bana ilgi göstermeye başladı, evli! Önceleri olmaz diye düşünüyordum. Sonra yavaş yavaş onu bir dost olarak görmeye başladım. Eşi ile arası iyi değilmiş. Bana karşı çok saygılı; beğendiğini, benden hoşlandığını, yanımda olmaktan mutlu olduğunu, beni sevdiğini söylemekten kaçınmıyor.

Bana karışmıyor, eski eşim gibi sıkmıyor. Hem özgürlüğümü yaşıyorum, hem de bir erkekten almam gerekenleri alıyorum. Beni el üstünde tutuyor. İlk evliliğimden daha rahatım.

Eşini hiç dert etmediğimi söylersem yanlış olur. Ama eğer tek benimle evli olsa önceki kocam gibi beni sıkboğaz edeceğinden, bana tatlı bir söz söylemekten kaçınacağından korkarım!"

III. Eşi ile Problemli Olan Kadınlar

"Kocam bana hitap etmiyor, onu sevmiyorum. Zaten hiç sevemedim ki! Sinir oluyorum, nefret ediyorum. Bana dokunmasın diye ayrı yatıyoruz. Son beş yıldır ne zaman birlikte olduğumuzu hatırlamıyorum. Erkek mi, kadın mı belli değil! Ondan bir çocuğum var, olmaz olaydı. Çocuğum için demiyorum, onu çok seviyorum ama ondan olmasaydı diyorum.

Bizim ailede, sülalede ayrılmak yoktur. İki kez onun yüzünden psikiyatrik tedavi gördüm. Şimdi birlikte olduğum kişi benim gözümde gerçek bir erkek! O da evli ama zaten bekâr birisi ile çok rahat olabileceğimi düşünmüyorum. Ben ona yetiyorum, o bana yetiyor!"

IV. Hasta Ruhlu Kadınlar

"Dışarıdaki hasta benim kızım, çok garip davranıyor. Önceleri yerin dibine giriyordum. Hasta olabileceği ihtimali hiç aklıma gelmemişti. Artık hasta olduğunu düşünmeye başladım. Daha doğrusu oğlum anladı, beni uyardı. 'Anne ablam normal görünmüyor' dedi.

Kocası zavallının teki. Geçen gece telefon etti; 'Ne olur, gelin! Karım işyerinden saat 5'te çıkmış, eve gelmedi. Nereye gittiği belli değil. Cep telefonu kapalı. Kendisine ulaşamıyorum. Saat gecenin biri oldu, hâlâ gelmedi.'

Kalktık gittik. Tam biz kapıdan içeri girdik, o da geldi. Bizi görünce kocasına saldırdı. 'Sen nasıl beni anneme şikayet edersin. Onları buraya neden çağırdın, niye haber verdin?' diye.

Kızımın çantasından bir çok erkeğin kartı çıktı. Etrafındaki herkesle ilgileniyor. Hafta geçmiyor, bir kadın arıyor, tehdit ediyor. 'Kızınız kocamızı rahat bıraksın' diye.

Son derece dengesiz davranıyor. Bir dediği, bir dediğini tutmuyor. Sürekli birilerini arıyor. Hasta benim kızım; anlamıyorlar. Buna yaklaşan erkekler de adam değil! İnsafsızlar!"

V. Evlilik Dışı İlişkileri Meslek Haline Getiren ve Bundan Para Kazananlar

"Onu sevmiyorum, aramızda duygusallık yok! Bana karşı ne hissettiğini bilmiyorum. Bu benim için önemli de değil! Haftada bir kez görüşüyoruz; paramı alıyorum.

'Başkası asla olmasın' diyor. Esasen ondan aldığım bana yetiyor. Bir başkası ile birlikte olmayı ben de düşünmüyorum. Karısı ile mutlu olamıyormuş, beni ilgilendirmiyor. Anlatmak istediğinde de dinlemiyorum. Bu onun problemi, bana ne!"

VI. Sevdiği Bir Erkekle Birlikte Olmak İsteyenler

"Ben seni seviyorum. Bana ayda bir de gelsen razıyım. Benden başka erkek yok mu diyeceksin! Elbette var, ama hiç kimsenin senin yerini dolduracağını düşünemiyorum.

Sen olmadıktan sonra ben kimseyle evlenmek istemem. Sevmedikten sonra, neden bir erkeğin derdini çekeyim. Sırf evlenmek için evlenecek biri değilim ben. Sevdiğim biri ile birlikteysem hanımını dert etmem."

Bölüm 15

*İki dönemde erkeğin sözüne güvenmek risktir;
biri evlenmeden önce, ikincisi, boşanmadan önce!*

"Öteki Kadın" Olmanın Dezavantajları

Bu toplumda kadın olmak da zor, "öteki kadın" olmak da! Esasen, zorluk, "öteki" veya "beriki" olmakta değil. İnsan olmanın yeterince idrakine varılamayışında. Bu sebeple insanoğlu, hem kendine, hem karşısındakine saygı duymayı ve değer vermeyi bilmiyor.

Erkekler Kadına Karşı Dürüst Değil!

Bazı yönleriyle cazip gibi görünen "öteki kadın" olmanın riskleri, sıkıntıları ve dezavantajları da var.

İnsan kalitesinin düşüklüğü, ikiyüzlü kişilikler ve sevip kaçmanın marifet sayıldığı bir ortamda kadınların işi zor. "Öteki" olanın daha da zor!

Erkeklerin güvenirliğinin düşük olması, kadının güçsüz ve hakkını savunmaktan aciz bulunması, yasaların resmen çok eşliliğe imkân vermemesi gibi faktörler öteki kadını aciz bırakan en önemli sebepler.

Bir kadının, böyle bir ortamda, evli bir erkekle yaşamaya karar verirken iyi düşünmesi gerekir.

Özellikle de erkeklerin, kadınlarla ilgili şu iki tavrından dolayı:

- Erkekler kadına yeterince değer vermiyor.
- Erkekler kadına karşı dürüst değil.

Bunlardan daha da önemlisi; kadınlar kendilerine değer vermiyor. Değerini korumasını bilmeyen kadın, erkeğe kendini kaptırmakta ve kullandırmakta öyle acele ediyor ki, işte bu, kadını, "mutsuzluğun gönüllü mahkûmu" yapıyor!

"Öteki" Olmanın Riskleri

Evli bir erkeğe ilgi duyan ya da evli birinin kendisine duyduğu ilgiye, evlilik dışı karşılık veren kadını pek çok sıkıntılar bekler.

Toplumumuzun kadına bakışı ve yasaların kadın için hayatı zorlaştırdığı bir ortamda, kadını bekleyen sıkıntıları şu başlıklar altında toplayabiliriz:

I. Çocuk İhtiyacı ve Çocukla İlgili Sıkıntılar

Kadının, evli bir erkekle birlikteliğinden olacak çocuğun resmî hakları, mirastan pay alma konusundaki problemler, büyüdükçe ve aklı erdikçe, kendisinin çok da kabul edilebilir bir birlikteliğin ürünü olmadığını anlaması, herkesin coşku içinde yaşadığı özel günler ve bayramlarda anne-baba ile bir arada olamadıklarının görülmesi problem olabilir.

Ancak, en kötüsü ve risklisi, erkekle gizli bir ilişki içine girmektir. Bu durumda çocuklar hem annelerine, hem de babalarına karşı iyi duygular beslemekte zorlanırlar.

II. Kolay Terk Edilme Riski

İkinci kadın, erkeğe birinci kadının verdiği hizmetlerin aynısını vermesine rağmen, birinci kadın gibi erkeğe karşı sığınacağı bir yasal güvenceden yoksundur. Resmî bir bağ olmadığı için de, her zaman erkeğe mahkumiyet duygusu ile terk edilme korkusu yaşayabilir.

III. Çevrenin Tepkileri ve Ailelerin Kabullenmesindeki Zorluklar

İkinciye karşı genel bir olumsuz tavrın olduğu gerçek. Bu sebeple ikinci olmak her kadının harcı değildir. Yeterince cesareti ve öz güveni olmayan birinin yakınları, çevresi, ailesi ve hepsinden önemlisi kendi kendisi tarafından kötü görülmesi söz konusu olabilir.

IV. Gizlilik ve Suçluluk Duygusu

Toplumsal baskıdan dolayı birlikteliği açıklayamamak da bir ayrı sıkıntı sebebi olabilir. Zaman içinde gizliğin artıracağı suçluluk duygusu tedirginlik meydana getirir.

V. "Eş"siz Geçen Gecelerin Sıkıntısı

Erkeğin iki tarafa yetişebilmesindeki zorluklar bazı mahrumiyetlere neden olabilir. Bunun, kadına, bir imkânı sağlamasının yanında, her ihtiyaç duyduğu anda erkeğini yanında bulamama sıkıntısı da getireceğini bilmek gerekir.

Hiç olmamasındansa "iki zamanda bir" birlikte olmak bir kazanç olarak düşünülüyorsa, bunu bir yaşam tarzı olarak peşinen kabullenip, daha fazlası için umut beslememek gerekir.

VI. Erkeğin Geri Gitme Riski

Bu hayatta hiçbir şeyin yüzde yüz garantisi yoktur ama ikinci eş olmak daha da garantisiz bir iştir. Hele yasal dayanaktan da yoksunsa! Buna, erkeklerin duygularının kolay değişmesi ve sevgilerinin arkasında kadınlar kadar delikanlıca durmasını bilememeleri de eklenirse daha dikkatli olma gereği ortaya çıkar.

VII. İki Tarafın Sorumluluğunun Erkeğe Ağır Gelmesi

Birincinin göstereceği reaksiyonla çocuklarından ayrılma ve yuvasının dağılma ihtimali erkekte bunalım meydana getirebilir. Bunalımda olan birinden öteki kadına mutluluk yansıması zordur.

VIII. Kadınların Birbiri ile Sürtüşmesi

İki kadın arasında gelişebilecek husumet dalgaları hem kadınları, hem de erkeği hayatından bezdirebilir.

Bazı Dönemlerde Erkeğe Güvenmek Risktir

Evlenmeden önce evlenmek istediği bayanı razı etme gayreti içinde olan erkekle, eşinden ayrılmakta olan ve bunun bunalımını yaşayan erkeğin sözleri çok güvenilir olmayabilir.

Erkek, eşi ile olan bunalımı sonucu ikinciye yönelmişse ve ona vaatlerde bulunuyorsa, bu sözlere asla bel bağlamamak gerekir. Eşinden ayrılma aşamasındaki erkeğin ayrıldıktan sonraki duygularının ne olacağını kendisi de bilemez. Onun bilemeyeceği şeyi bir başkası hiç bilemez. Dolayısı ile de sözlerine güvenmek hayal kırıklığı getirebilir.

Erkeğin eşiyle olan kavgalarından umuda kapılmakta yarar yoktur. Erkek, boşanacağını söylüyor ve bu söylemiyle bir kadına geliyorsa, ona; "Boşan da gel!" demek gerekir. Ağlayanın malı gülene hayretmez dediklerini bilirsiniz.

İkinci Kadının "Birincileşme" Tehlikesi

Zaman içinde ortaya çıkabilecek, resmî nikah ihtiyacı ile çocuk arzusu, ikinci kadında tedirginlik oluşturur. Bunun yanında, erkeğin ilk eşinden ayrılması konusunda beklentiler gerçekleşmiyorsa karamsarlık oluşur.

Buna, birinci ile sürtüşmenin sıkıntıları da eklenince, ikinci kadının erkeğe karşı davranışları aynen birincinin yaptığı gibi sitemli, şikayetli ve tartışmalı bir atmosfere girmeye başlar.

İlişki bu çizgiye geldiyse büyü bozulmuştur. Artık bu birliktelikten fayda gelmez.

Bu tabloda, ikinci kadın erkeğin ihtiyaç duyduğu havayı koruyamaz ve her şey hızla cazibesini yitirir. Bunu ikinci kadının "birincileşme temayülü" olarak adlandırabiliriz.

İkincinin sitem, şikayet ve tartışmalarla sergilediği tavırlar, erkeğe birinciyi hatırlatır. "Yağmurdan kaçarken doluya tutulduğu" kanısına varmasına sebep olur.

Böylece, "ikinci kadın" daha çok kazanayım derken, cazibesi ile birlikte elde ettiklerini de kaybetmeye kendini mahkûm etmiş olur

❊ ❊ ❊

"Benimle tartışmaya başladıktan sonra ondan da soğudum. Birlikte olmanın bir cazibesi kalmadı. Tartışmalar beni yeniden eşime dönmeye zorladı. O bunu fark edince hanıma telefon edip konuşmak istediğini söyleyerek bir araya gelmişler. Çok kötü tartışmışlar.

Eşime; 'sen ne yüzsüz kadınsın, kocan seni istemiyor anlamıyor musun!' 'Neden ayrılmıyorsun!' diye hakaretler yağdırmış. Bana da; 'eşin beni çağırdı, hakaret etti!' dedi.

Ne yapacağımı şaşırdım. İkisinden de ayrılıp, çekip gitmek istiyorum. Başka çarem yok!"

"Öteki'nin "Birinci"ye Teşekkür Borcu

Bazı ikinci kadınlar açıkça belirtmekten çekinseler de, erkeğin hanımına karşı negatif duygular beslerler. O, oranda da kaybetmeye namzettirler. Ama işin bilincinde olanlar bilirler ki, birinci kadın o tavırları ile erkeği bıktırıp usandırmasaydı, bir başka kadın için erkeğin aklına düşmek, gönlüne girmek kolay olmazdı.

Bu sebeple, onlar birincinin varlığını dert etmezler. Hatta, onu kendilerinin mutlu olmalarında varlık sebebi olarak görürler.

Erkek eşinin yanında sıkılacak ki, kendisi de teselli etme ve mutluluğu tatma imkanına kavuşsun! Bunu anlayanlar, birinciye karşı minnet duygularını dile getirmekten çekinmezler.

❋❋❋

"Seni bana gönderen sebebe teşekkürler..!

Seninle birlikte olmaktan, senin, benim yanımda bulunmandan dolayı çok mutluyum. Bunun için; seni bana gönderen her kimse, ona minnettarım. Bu eşiniz ise, ona da!

O olmasa, sen bana gelir miydin, bilmiyorum! Benim için önemli olan, sensin! Seninle olmak büyük mutluluk! Buna sebep eşin olunca, ona nasıl teşekkür etmem ki!

Onu bırakmanı gerçekten istemiyorum. O zaman benim olmamın anlamı kalmaz. Beni birincinin yerine koyar, teselliyi bir başkasında aramaya kalkışırsın diye korkarım!"

BÖLÜM 16

*Vermeniz gerekeni vermezseniz,
almaya başladıklarında acı duymaktan kurtulamazsınız!*

"ÖTEKİ KADIN"I ANLAMAK

İyi kötü yaşayıp giderken "biri"nin varlığı ihtimali ortaya çıkınca çok şey alt üst oluyor. Sıkıntılı bir süreç başlıyor. Kadınlar hayatları boyunca en çok hatayı da bu dönemde yapıyor.

Öfkeyle kalkıp zararla oturmamak için düşünmeden ve anlamadan hareket etmemeli. Bu konunun üç tarafı var. Doğru adımlar atmak, bu üç tarafın da iyi anlaşılması ile mümkün olabilir.

Taraflardan biri öteki kadın, biri eşiniz, biri de sizsiniz!

Yapılacak hataları en aza indirmek için bazı şeylere önceden hazırlıklı olmalıdır. Bunun için de neyin ne olduğunu bilmek gerekir.

Kendinizi, eşinizi ve öteki kadını anlamadan doğru adım atamazsınız; özellikle de "öteki kadın'ı!"

Önce; Hangi Tür "Öteki Kadın"?

"İkinci" bir kadın problemi ile karşılaşılması halinde yapılması gereken ilk iş, eşinizin hangi tür bir "öteki kadın"la karşı karşıya olduğunu anlamaya çalışmaktır. Bütün öteki kadın tipleri aynı olmadığı gibi, tümüne karşı da aynı tavır takınılamaz.

Erkekten almak istediğini kısa sürede alıp gitmek isteyen öteki kadına karşı gösterilecek tavır ile arada duygusallık gelişmiş olan ve artık bundan böyle ömür boyu birlikte olmayı göze almış birine karşı durmak aynı şekilde olmaz.

Kadınların çoğu erkeğinin başka bir kadını tercih etmesinden ya da kendisi varken ona da ilgi duymasından rahatsız olurlar. Ancak en çok dert ettikleri "öteki kadın tipi" gelip geçici olanlar değil, süreklilik arz edenlerdir.

"Öteki"nin Erkekten "Pay" Alması

Birinci kadın erkeğini bir başkası ile paylaşmaktan rahatsız olurken, "öteki", bunu bir kadın olarak bile bile nasıl kabulleniyor? Halbuki ikisi de kadın! İkisinin de aynı tepkileri göstermesi gerekmez mi?

Birincinin, kendine ait olduğunu düşündüğü bir şeyin, bir kısmını başkalarına kaptırmak istemeyişine karşılık; öteki, zaten kendinin olmayan birinden yararlandığı düşüncesiyle, iki kişiden biri olmaya daha yatkın görünüyor. Sonradan gelen ikinci kadın, aslında paylaşmıyor, ihtiyaçlarını karşılayacak tarzda pay alıyor. Yani istifade ediyor. Böyle hissettiği için de, bir erkeğin iki kadınından biri olmaya daha kolay tahammül ediyor.

Evli biri ile eşi gibi yaşamak isteyenlerin dışındaki öteki kadın tiplerinde, amaç kısa bir süre de belli bir çıkarı elde etmek olduğundan, onlar için zaten mesele yoktur.

Asıl "öteki kadın" tipi, birinci kadının kendisine ortak gibi gördüğü ve süreklilik arz edeceğinden korktuğu kadındır. O, aynen birinci kadın gibi, erkeğe duyduğu çok yönlü ihtiyaçları ile varlığı hissettirir.

Duygusallık, cinsellik, çocuk sahibi olma ihtiyacı, bir erkeğin himayesine sığınma, maddi güvence ve benzeri sebepler, kadını erkeğe çeken esas faktörlerdir.

Bu açıdan bakılınca;

I. "Öteki" de bir insandır

O da insan olarak bu hayata gelmiş olmanın davranış biçimini kendi şartlarına göre sergilemektedir.

Bir kadının, evli birine ilgi duymuş olması kötü bir damgayı hak etmesi için yeterli olamaz.

II. Kadınlıktan kaynaklanan ihtiyaçları vardır

Erkeğe duyulan ihtiyaç öncelikle kadınlığın gereğidir. Hatta bazı durumlarda gelen kadın kendi maddi imkanları ile de gelebilir.

Öteki kadının davranışları daha çok, duygusal ve psikolojik açıdan değerlendirilmelidir. Bu ilişki, kadınlığı sebebi ile içine girdiği bir yakınlaşmadır.

III. Herkesin problemi

Erkeksizliğe mahkûmiyet de önemli bir açlık olarak düşünülmelidir! Eğer rahibe hayatı benimsememişlerse birinciler gibi öteki kadınlar da bu açlıkları gidermek zorundadır.

Kimse; "bu benim problemim değil!" diyemez. Bu, herkesin yani bütün bir toplumun problemidir.

Bu konunun herkesin problemi olacağının en kesin kanıtı; erkek nüfusunun az, kadın nüfusunun daha fazla olmasıdır.

IV. Onu "ikinci" yapan, içinde bulunduğu şartlarıdır

Belki o da, birincinin şartlarında, yani bir erkeğin tek eşi olsa idi eşini bir başka kadınla paylaşmak istemezdi.

Her hangi bir kadının, kendisi "birinci" konumunda iken kabullenmekte zorlanacağı bu durum, şartlar değişince farklı görülür. Bu tür birlikteliklerini anlamak için biraz da öteki kadının penceresinden bakmak gerekir. Bu, daha kabul edilebilir sonuçlara varmak için şarttır.

✽✽✽

"Okudum, mesleğim var, üniversitede çalışıyorum. Yalnız yaşayan bir kadının, kimseye maddi yüküm yok, olmaz da!

Benimle birlikte olacak erkeğe yük olmayacağım gibi, onun sıkıntılarına da yardımcı olabilirim. Şu an yakın olmak istediğim kişi orta halli biri. Hanımı korkuyor.

Benim yüzümden maddi sıkıntı çekeceklerinden korkuyormuş. Halbuki benim hem maaşım, hem birikimim onlarınkinden çok fazla. Kendisine de söyledim.

Ben, ciddi ve dürüst bir beraberlik istiyorum. Ona yakınlığım var, o da bana ilgili. Ama ben gizli olsun istemiyorum. Kendimi kötü hissederim. Karakterimin kabul edemeyeceği kaçamak ilişkiler bana göre değil!

Bunu kendisine birkaç kez ima ettim. Onun aldığı maaştan çok daha fazlasını ben ona her ay veririm. Ama çok açık bir şekilde de söyleyemiyorum. Rüşvet gibi algılanmasını istemem."

"Öteki Kadın"la Konuşmak

Kadınlar, diğer kadını tanımaya, onunla konuşmaya, onun haddini bildirmeye fazlaca istekli olabilir. Ama bunu yapabilenlerin sayısı çok da fazla değildir. Konuşanlar da genellikle yanlışlıklar yapar ve sonucun kendi aleyhlerine gelişmesine sebep olurlar.

Eğer kadın böyle bir problem karşısında kaldığı zaman bırakıp gitmek istemiyorsa, öteki ile muhatap olmamak en iyisi. Ancak ille de konuşulacaksa bu üç şekilde olabilir:

I. Düşmanca Konuşmak

Suçlamak, tehdit etmek ve düşmanca konuşmak! "Birinciler"in genellikle yaptığı budur.

Halbuki hınçla, kinle, kızgınlıkla "ikinciler"in üzerine gitmek, onların eline erkeğe karşı kullanacakları bir koz vermek demektir.

Tehdit ve hakaretler, ikincinin hırslanmasına ve kendini erkeğe acındırmasına sebep olur.

Erkek ise eşine kızgınlık, ötekine karşı eziklik hisseder. Bu ise, birincinin işlerini daha da zorlaştırır.

II. Dostça Konuşmak

Onunla "dostça" konuşmak mümkün mü? Neden olmasın! Bir kadın, eşine ilgi duyan ya da ilgi duyduğunu düşündüğü bir başka kadınla, sakin sakin de konuşabilir.

Bunu yapmak, elbette iradesi güçlü olanlar için söz konusu olabilir.

Durumdan eminseniz, yani eşinizle onun arasında bir şeyleri olduğundan kesinlikle şüpheniz yoksa konuşmayı deneyebilirsiniz. Aksi halde zor durumda kalabilirisiniz. Ayrıca, karşı tarafın bunu nasıl karşılayacağı ve kabul edip etmeyeceği de önemlidir.

Dostça konuşmakta başarılı olmanız, öncelikle samimi olabilmenize bağlı.

Onun zor durumda olduğunu ve ona yardımcı olabileceğinizi düşünün. Siz evlisiniz, çocuklarınız var. Resmî eş statüsü sizin elinizde. O ise, sadece tatlı bir söze güvenmiş.

Muhtemelen eşiniz ona karşı dürüst ve açık değildir. Siz ona eşinizi sevdiğinizi, ayrılmayı düşünmediğinizi, eşinizin, bu şartlar altında iki tarafı da oyalamakta olduğunu ama daha çok bir bayan olarak kendisinin, bu durumdan zarar göreceğini, bahanelere kanmaması gerektiğini anlatabilirsiniz.

Yani, bir anlamda; "Eşim seni aldatıyor!" diyebiliyorsanız, onu tereddüde düşürürsünüz.

Eşiniz, gerçekten iki tarafı da oyalıyorsa, siz o bayanı uyararak iyilik yapmış olursunuz.

Bütün bunları asla tehdit dolu ve hakaretli bir üslupla yapmamalısınız. Aksi halde durum sizin aleyhinize dönebilir ve onun ekmeğine yağ sürmüş olursunuz.

III. Ortaklık Teklif Etme

Bunun için önce eşinizle konuşmalısınız. Ona üç seçenek sunmalısınız, sonra da ötekine, eşinize sunduğunuz seçenekleri bildirmelisiniz. Bunun nasıl olacağını "Erkekler Neden Aldatır?" isimli kitaptan "Eşinizi Yeniden Kazanmak İster misiniz?" bölümünü okuyarak yapabilirsiniz.

Bu, onun eşinizle olan ilişkisini bitirme imkanını size verebilir.

Kendinizi Anlamaya Çalışın!

Kadının Mutsuzluğunda Üç Dönemi

Erkeği doğru dürüst tanımayan ve hayata dair hiçbir hazırlığı ve birikimi olmayan kadınların mutsuzluğunda üç dönem dikkatimizi çekiyor.

A. Evlenmeden Önceki Hayaller, Umutlar, Hülyalar Dönemi

Hayata hazırlanması gerekirken, çoğu genç kızın boşa geçirdiği altın yıllar. Hayatın anlamını kavrayacağı, zorluklarla baş etmeyi kolaylaştıracak bilgi ve eğitimin alınacağı ama alınmadığı dönem. Bu dönemin zararını kadınlar sonradan "bahtsızlık" olarak ömürlerinin sonuna kadar hissedeceklerdir.

B. Evlendiğinde Eşi Tarafından Mutlu Edilmeyi Umduğu Dönem

Her şeyin erkekten beklendiği evlilik dönemi. Erkek tarafından çok değerli görüldüğünü zannettiği ve iltifatlarıyla mest olmaya arzulu olduğu, bir an bile hatırdan çıkarılmamayı umduğu safha.

Burada genellikle, tüm iyilikler erkekten beklenir. Onun yolları gözlenir. Kadının bu hayata gelişinin anlamı olduğu zannedilen dönem.

Bu dönem uzun sürmez. Hızla hayal kırıklıkları oluşmaya başlar. Gerçekler zor gelir.

Umduğunu bulamamanın çaresizliği ile eşini suçlamalar ortaya çıkar. Ve karamsarlık kader gibi görünür.

C. Mutsuzluğun Sorumlusu Olarak Erkeğin Görüldüğü Dönem

Kendisini hayal kırıklığına uğratan kişi artık dost değildir. Hayallerini, umutlarını boşa çıkarmış olduğu için; "o da mutsuz olmalı, bunun cezasını çekmeli" gibi düşünceler kapılarak düşmanca tavırlar bile gelişmeye başlar.

Bazı kadınlar bu dönemde adeta, kalan ömürlerini, erkeği mutsuz etmeye adarlar.

Mutsuzluğunun, yıkılışının acısını çıkarmaya ahdettiği, anasından doğduğuna pişman etmeye çalıştığı, bırakıp gitmek yerine kalıp çektirme dönemi. Bu döneme giren bir kadın, en çok kendini perişan ettiğini düşünmez bile.

Böylesi bir durumla karşılaşan erkek ise, sürekli olarak nasıl kurtulacağının hesabıyla, kendini teselli edecek birilerini bulmak ister.

❈ ❈ ❈

"Birbirimize ne kadar da zıtmışız. Evleneli 15 yıl oldu ama artık onu anlamıyorum ve dayanamıyorum. "Büyüyünce ruh doktoru olacağım" diyordum. Ruh hastası oldum. Yaşasam ne, yaşamasam ne. Hiç var olmamış gibiyim.

Öğretmen, anneme; 'Bu kız çok zeki, geleceği parlak olacak. Okutun mutlaka!' diyordu.

Babam iflas edince özel kolejden ayrılmak zorunda kaldım. Yeni okula ısınamadım. Orta sondan terk ettim.

Evlendiğimde 17 yaşındaydım. Kısa sürede ne büyük hata yaptığımı fark ettim ama hep sabrettim.

Annem bize babamı şikayet ettiğinde 'Sizin için sabrettim' derdi. Onu anlamazdım, aynı şeyi ben yaptım.

Beynimin içinde sesler duymaya başladım. Bu sesler bana, 'At kendini aşağı, intihar et!' diyor. Çocuklar da gözümde yok.

Eşimin yaptığı her şey bana batar oldu. Hatr hurt elma yiyişi bile işkence gibi geliyor.

Hiçbir yönden bana hitap etmiyor. Sürekli tenkit ediyor, aşağılıyor, tersliyor. Kendime güvenimi yıktı. Camı açmaya korkuyorum. Gezdirmesi yok, komşu, akraba ziyareti, gidip gelmesi yok.

Hep dayakları geliyor aklıma. Artık sesini duymaya hevesim de kalmadı.

Tek başıma vasıfsız biri olarak ne yapabilirim.

Çaresizim, mesleğim yok. Mutsuzluğumun tek sebebi eşim. O beni mahvetti. Şimdi onu bırakıp nereye giderim. Hem niye gideyim ki? Banim hayatımı bitiren birini, 'Ben gidiyorum, sen dilediğin gibi yaşa!' diye rahat mı bırakırım?

Bundan sonra bana huzur haram; ona da haram olsun istiyorum."

"Amatör Evlilik" Kurbanı mısınız?

Bu ülkede maalesef evlilikler amatörce verilmiş kararlar sonucu kuruluyor. Problemlerin kaynağında da daha çok bu sebep yatar.

İnsanlar hayatlarının en tecrübesiz dönemlerinde, ömürlerinin sonuna kadar süreceğini düşündükleri bir kararı verirken gerekli bilgi ve donanımdan yoksundurlar.

Hayat ve evlilik hakkında da en bilgisiz oldukları dönemde, karşılarındaki insanı tanımadan, doğru dürüst soruşturmadan, kendilerini en çok etkileyecekleri kararı, gözlerini kırpmadan vermek! Büyük cesaret! İşte bu amatörce verilmiş bir karardır. Hem erkek, hem de kadın için!

Sonunda erkek, gözü açılınca bu atmosferin dışına çıkmaya çalışırken, kadın, başka çaresi olmadığı için evliliği bir "kurtuluş" olarak görmüş olmanın psikolojisi ile kıvranır. Bir kurban gibi! Amatörce verilmiş bir kararın kurbanı!

"Kadınsı Korkular"ın Kurbanı Olmak

Bu toprağın kadınını yanlış dokumuşlar. O, erkeğini de, kendisini de mutsuz etmek üzere programlanmış gibi görünüyor. Hayata, erkeğe ve evliliğe karşı bakışı ile mutlu olması kolay değil.

İçindeki kıskançlık, aldatılma ve sahiplenme duygularını yok edecek şartlanmalardan kurtulmadıkça huzur bulması da imkânsız, huzur vermesi de!

Kadınlar, erkekle ilgili şartlanmalarından dolayı iki büyük korkuyu yaşamaya namzettirler; evlenmeden önce "evlenememe korkusu", evlendikten sonra da "terk edilme korkusu."

Normal sınırlarda organizmanın bütünlüğünü sürdürmesi için gerekli korku duygusu, gereksiz ve anormal boyutlarda organizmayı tahrip eden yıkıcı bir etki meydana getirir.

Evlenmeden önce, kendini bir erkeğe beğendirememe endişesi olduğu gibi, evlendikten sonra da erkeğin gözünden ve gönlünden düşerek hayatta yalnız ve korumasız kalma korkusu gelişebilir.

Bu iki korku da büyük oranda ortada henüz bir şey yokken başlar. Önüne geçilmesi de kolay değildir.

"Hiç Yaşamadan Ölenler"den Olmak

Geçmişe takıldığı ve gelecek endişesini bastıramadığı için pek çok kimse, bulunduğu ânı yaşamasını bilmez.

Geçmişin "keşke"leri ile geleceğin "acaba"ları arasına sıkışan birinin önündeki sofrada bulunan nimetlerden lezzet alması zordur. Korku ve endişeler insanların yaşadığı günün farkına varmasını engeller.

Saymakla tükenmeyecek nimetler içinde bazı olumsuzluklara takılmak lezzetleri tadacak yeteneklerini de yok eder.

Halbuki, hayat; ne geçmiştir, ne de gelecek, sadece bulunduğumuz andan ibarettir. İçinde bulunduğunuz ânı yaşayamıyor, doya doya tadını çıkaramıyorsanız, hiç yaşamıyorsunuz demektir.

"Hayatı mutlu yaşama" sanatının en temel şartı, geçmişi ve geleceği "her şeyin sahibi"ne bırakıp önündekine yoğunlaşmaktır!

Yoksa, "gün görmeyen"ler, hatta "hiç yaşamadan ölen"ler kervanına katılmaktan kurtulamazsınız.

BÖLÜM 17

*Çocuk bir tuvaldir, üzerine
kim resim yaptıysa onun eseridir;
tuvali imal edenin değil!*

ALDATILMA ORTAMINDA ÇOCUKLAR

Pek çok çift, evli olduğunun bilincine ancak çocuklar olduktan sonra varır. Eşler arasında en güçlü bağ ise çocuklardır. Eşler bugün karı-koca, yarın yabancı olsalar da çocuklar için gene de anne babadırlar. Ayrılma, hatta ölüm bile bu gerçeği değiştirmez.

Evlilikte, eşler arasında en kalıcı iletişim çocuklar üzerine kurulur.

Bu sebeple, eşler arasındaki istikrarın en önemli unsuru çocuklar olabilir. Özellikle anne olmuş kadınlar, erkeği eve ısındırmakta bundan daha büyük bir imkân bulamazlar.

Ancak pek çok kadın bundan istifade etmesini bilmez. Hatta çocuklar yüzünden eşini evden soğutur.

Halbuki bir erkeğin eve gelmesinde, en az eşi kadar, hatta ondan daha fazla çocuklar etkindir.

Bazıları çocukların baba üzerindeki etkisini azaltıp, tersine çevirir. Bunu öncelikle çocukları babalarından korkutarak ve ürküterek yaparlar. Çocuklarına söz geçiremeyen anneler, onları babaları ile tehdit eder. Çocuğun kalbine, beynine baba otoritesini "sevgi" ile değil, "korku" ile yerleştirirler. Bu sebeple çoğu çocuk, "baba" deyince sıcak duygular yerine "ürküntü" hisseder. Babasından mesafeli durur.

Baba, her gün işinden evine geldiğinde, çocuklarıyla gülmek, eğlenmek rahatlamak ve dışarıdaki sıkıntıları dağıtmak ister. Bunun için birçok erkek, bir an önce eve gitmeye can atar. Özellikle evliliğinin başlarında hal böyleyken durum giderek değişir.

Babadan otorite bekleyen tavır, erkekte daha ciddi, sert ve mesafeli durma ihtiyacı doğurur. Böylece farkına varmadan çocukları kendiden uzaklaştırır.

Bu, evi erkek için günün yorgunluğunun atıldığı yer olmaktan çıkarır, hatta yorgunluğu biraz daha artıran yer haline sokar.

Sonra da, erkek, evin ve iş yerinin dışında üçüncü bir yer arama ihtiyacı hisseder.

Bu yer bazen kahvehane, arkadaş, kulüp ya da bazıları için bir başka kadın olabilir.

Her ne olursa olsun, çok büyük problemler hariç, akıllı kadın erkeğe evde sıkıntı aktarmaz.

Evde Problem Konuşmanın Zamanı

Eve gelir gelmez "koca"ya çocuklardan ya da başka şeylerden şikayet edilmez. Problemlerin açılacağı zamanı iyi bilmek gerekir. Önce yesin, içsin; çocukları sevsin. Onlarla stres atma ihtiyacını gidermek için eğlensin. Aralarında bir sıcaklık oluşsun. Erkek bütün bir günün yorgunluğuna değdi, diye düşünsün, rahatlasın.

Çocuklar, sizin kendilerini şikayet etmediğinizi görsün. Babaları ile hoşça vakit geçirsinler. Sonra da yatsın, tatlı tatlı uyusunlar.

Sizinle birlikte olup, çocuklarla birazını attığı stresin kalanını da atıp rahatlama imkânına kavuşsun.

Gün içinde çektiği sıkıntıların evde mükâfatını almış olduğunu düşünsün. Mutlu olup rahatladığını gördükten sonra, problemleri sohbet havası içinde açın.

Aksi halde eve gelir gelmez, problemlerle onu sizden ve evden soğutursunuz. Bu soğukluk giderek büyür. Erkeğin hatrına, "ev" deyince, sıkıntı, ürküntü ve dert yükleyen yer gelir.

Çocuklarla iletişimi kopuk olan baba, bir gün sizinle de tersleşince, onu eve bağlayan hiç bir güç kalmaz. Çok kolay uzaklaşır. Siz de arkasından bakakalırsınız.

Halbuki, çocuklarla ilgili şikayet ve istekte bulunup, babada negatif duygular uyandırmak yerine, çocuk sevgisi artırılırsa işler çok daha kolaylaşacak ve her hangi bir problem ânında da erkek, çocuklardan uzaklaşmayı göze alamayacaktır.

※ ※ ※

"Çocuğumu severken kendimi çok mutlu hissediyorum. Söylediklerinizi eşime söyledim.

Eve geldiğimde çocuk koşarak gelip kollarıma atılıyor. Giderken balkondan bana seslenip el sallıyor.

O kadar şirin ki, onunla oynarken duyduğum mutluluk başka şeyde yok!

Bunu ilk çocuklarımda hissettiğimi hatırlamıyorum.

Hep onları bana şikayet ederdi. Ben, istemeden de olsa onlara kızardım. Çocuklar giderek benden uzaklaştılar. Beni görünce adeta kaçıyorlardı.

İnanmazsınız, şimdi malum, "öteki"nin yanında iken küçük çocuğumun yüzü geliyor gözümün önüne, özlüyorum. Bir an önce eve dönmek istiyorum artık! Bana neler oluyor dersiniz."

Keşke..!

Evlilik de, çocuk yetiştirme de dünyada insan hayatının en önemli iki etkinliğidir. İkisi de eğitimsiz ve bilgisiz yapılıyor. Eşler arasında birçok problemler bu eğitimsizlikten kaynaklanır.

Evlilik çağına gelen, yani vücudunda cinsellikle ilgili gelişmeler tamamlanan herkes evlenmeye hazır zannediliyor.

Keşke evlilik olmadan önce, evlenecek bayanlar ve erkekler, sadece cinsellikte değil, birbirlerine nasıl davranacaklarında da bilgi sahibi olsalardı. Evliliğin mutluluk ortamı olmasını nasıl sağlayacakları konusunda eğitilselerdi, pek çok sıkıntı başlamadan biterdi. Basit sebeplerle hayatlar cehenneme dönmez; eşler, neyi nasıl yapacaklarını bilirlerdi.

Evlilik sertifikası almayana evlilik, çocuk yetiştirme sertifikası olmayana da çocuk yapmak yasak denebilse!

Çünkü, gelecek nesillerin kalitesini bugünün anneleri tayin edecek!

Çocukların Sahipliği

Pek çok kadın çocukların sahibi olarak kendini görür. Çocukların maddi yükü babanın, sahipliği annelerin!

Babalar çocuklarını annelerinin izin verdiği kadar, izin verdiği sürece severler. Ayrılış halinde ise, çocuklar üzerindeki sahiplik duygusu daha da kabarır.

Kadın isterse iki damla göz yaşıyla çocukları babalarından soğutabilir. Hatta onları babaya düşman bile edebilir. Babalarına olan sevgi, saygı ve bağlılıkları çoğunlukla annelerin elindedir.

Kadın, eşine; "Sen bana hizmet etmek zorundasın! İhtiyaçlarımı karşılayacaksın! Ben senin çocuklarının annesiyim. Sana çocuk doğurdum!" diyebilir.

Baba yaptıklarını yapmaya mecbur gibi görülür.

Bu tavırlardan en çok zarar gören çocuklar olur. Hatta kaybedilmiş olmaları bile mümkündür.

Çocuğa Sahip Olmanın On Altın Kuralı

I. Çocuğun, hangi tarlanın "ürün"ü olduğu değil, kimin "eser"i olduğu önemlidir.

Çocuğunuzun anne babası olmanız, onun fiilen sahibi olmanız için yeterli değildir. Çocuğunuzu öyle yetiştirmek zorundasınız ki, o kendini sizin mensup olduğunuz kültüre, inancınıza, kabullendiğiniz değer ölçülerine ait hissetsin. Aksi halde, çocuğunuz kendini nereye, hangi kültüre ait hissederse oranın olacaktır. Kendini o inancın, o kültürün, o örgütün insanı.

Kabul ettiği yer size ne kadar yabancı ise, o da kendini size o kadar uzak görecek. Hatta sizi düşman bile görebilir. Çocuk yapmanız yetmez, eser meydana getirme gayretiniz olmaz ise çocuğunuz olduğuna bin pişman olabilirsiniz.

II. Çocuk sevgi ile büyür; sevginin sihirli gücünü kullanın.

Bütün iyi duyguların temelinde sevgi vardır. Hiç bir davranışınız, onun sizin tarafınızdan sevildiğini bilmenin meydana getireceği olumlu etkiyi sağlayamaz. Size, çevresine, topluma, Tanrısına ve sonunda da kendisine yabancı olmasını istemiyorsanız sevginin gücünü kullanmalısınız.

Sevgi birleştirir, sevgi kaynaştırır, sevgi geliştirir. Sevmiyor, sevilmiyorsanız kaybedeceğiniz kesindir. Unutmayın! Asla sevgisiz olmaz. Önce sevmeyi ve sevdiğinizi hissettirmeyi öğrenin.

III. Ona güvendiğinizi kendisine hissettirin.

Çocuğunuzun en önemli sermayesi sizin ona olan güveninizdir. Sizin kendisine güvendiğinizi bilirse mahçup olmak istemez. Bu onun öz güveninin de kaynağı olacaktır. Çocuğunuza sık sık; "Sana güveniyorum" demeyi ihmal etmeyin.

IV. Başarılarını taktir etmek için fırsat kollayın.

Genellikle anne babaların yaptığı en büyük hatayı siz yapmayın. Başarılarını görmezlikten gelirken, azarlamak, fırça atmak, aşağılamak için fırsat kolluyormuş pozunda olmayın. Tam aksine taktir etmek için bahane arayıp fırsat kollamalısınız. Başarılarını, en ufak iyi yönünü hemen taktir edin.

Bu, onun daha iyisini yapmak için gayret göstermesine, motive olmasına çok iyi gelecektir. Aksi halde "ne yapsam yaranamıyorum" duygusuna kapılır ki, yapabileceği güzel şeyleri de yapmaktan vazgeçer.

V. Onu asla başkaları ile karşılaştırıp negatif kıyaslama içine girmeyin, olumlu kıyas yapın.

"Filan başarılı, sen başarısızsın!" "Falanca uslu, sen yaramazsın!" "O saygılı, sen saygısızsın!" gibi yaklaşımlar, çocuğunuzu hem kıyasladığınız kişiye, hem de size düşmen etmekten başka bir işe yaramaz, vazgeçin! Bu zararlı bir kıyastır. Siz pozitif kıyas yapın.

İlle de onun tanıdığı birini kötülemeden; "Tembel birini, saygısız birini, başarısız birini örnek vererek; "Sen saygılısın, sen çalışkansın, sen iyisin, sen yaparsın, sen akıllısın, senden memnunuz. Harikasın!" deyişiniz onun öyle olma gayreti göstermesinde çok etkili olabilir.

VI. Çocukların yanında asla kavga etmeyin!

Çocukların gözü önünde yapılan kavga ve tartışmalar onların üzerinde tahmin edemeyeceğiniz derecede yıkıma sebep olur. Okul başarıları düşer, psikolojileri kötü yönde etkilenir. Suç kimde olursa olsun, az ya da çok, hem anneye hem babaya karşı olan saygıları azalır. Ruhen kopar, uzaklaşırlar.

VII. Onları, babaları ile tehdit etmeyin.

Sözünü çocuklarına dinletemeyen aciz annelerin yaptığı gibi yapmayın! Onları babalarına söylemekle tehdit etmeyin. Hele Tanrı'yı, cezalandıran, yakıcı, gözlerini kör edici, azap verici olarak telkin edip, çocukları baba ve Tanrı otoritesinden korkutmayın. Güç ve kuvvet karşısında isyankâr ya da pısırık duruma düşmesine sebep olursunuz.

Somut ya da soyut otoriteler, yıkmak, yok etmek, cezalandırmak için değil, yardım etmek, yol göstermek için vardır. Çocuğun ruhsal gelişiminin sevgi ile benimseyeceği otoritelere ihtiyacı var. Yoksa, hem onlardan, hem sizden uzaklaşır.

VIII. Çocuklarınızı asla birbirinize karşı kullanmayın.

Anne baba olarak aranızda problemler olabilir. Bu problemleri yaşarken çocuklardan destek almak ya da onları karşı tarafı yıpratmak için kullanmak son derece yanlış bir yoldur. Siz bugün birliktesiniz, yarın ayrı ve yabancı olabilirsiniz. Ama çocuklar için değişmeyecek bir gereçek vardır; o da, biriniz baba, biriniz anne olmaya devam edeceğinizdir. Bu gerçeği ölüm bile değiştiremez. Aksi halde çocuklar ikinize de yar olmaz!

IX. Onları kabullenin. Her ne olursa olsun onlar sizin çocuklarınızdır.

Bazı anne babalar çocukların yetenek, zekâ ve eğilimlerini dikkate almadan bir şeyler olmalarını isterler. İstedikleri olmayınca da, adeta onları reddedercesine tavır içine girer, köpürürler. Konu her ne olursa olsun, hiç bir şey onların kendilerinden önemli değildir. Eğitimleri bile! Yaptıkları ya da yapamadıklarından dolayı onları horlayıcı, aşağılayıcı, dışlayıcı davranışlar içine girerseniz, hem istediklerinizi yerine getirmezler, hem de kabullenilmediklerini gördükleri için sizinle zıtlaşır ve ruhsal gelişimleri tehlikeye girer.

X. Her şeylerinden şikayetçi olmayın.

Onlar çocuktur; hayatı yavaş yavaş öğrenecekler. Siz, sadece büyük hatalar yapmalarına engel olmalısınız. Üzerlerine titreyerek kendi sağlığınızı bozmayın. Siz hiç hata yapmadınız mı? En yaramazlık yapıp sizi üzdükleri zaman bile bütün bunların birer hatıra olarak kalacağını bilin. Ve onların büyüdüklerini, mutlu günlerini hayal edin!

Çocuklarınız dahil, sizinle birlikte yaşayanları mutlu etmeye çalışın. Ancak o zaman mutlu olursunuz. Çünkü, "Mutluluk Mutlu Etmeyi Bilenlerin Hakkıdır!"

Psikiyatrist doktor Hamdi Kalyoncu'nun yirmi yıllık araştırma ve gözlemleriyle: Erkekten kadına yansıyan şiddet ve dayak psikolojisi
Kadın dövmenin hayret veren faydaları

Kadın Dövmenin aileye, çocuklara, topluma ve döven kişiye kazandırdıklarının ne kadar çok, ne kadar büyük ve ne kadar geniş boyutlarda olduğunu bütünüyle kimse tahmin edemez.

Kadına dayak atılmasından öyle kesimler ve kimseler yararlanır ki, işin üzerine biraz ciddi olarak eğilenlerin buna şaşırması mümkün değil!

Mesela kadının dövülmesi kadını, erkekten nefret ettirmekle kalmaz, evlendiğine de evleneceğine de hatta dünyaya geldiğine de pişman ettirir, hayatına bile son verdirebilir.

Uyuşturucuya, şiddet ortamında yetişen çocuklardan daha müsait kimse bulunamaz. Sigara hariç, dünyada sadece uyuşturucu madde pazarının yılda 500 milyar dolar olmasına, eşine dayak atan, yuvasını dağıtan bir babanın katkısını kim inkar edebilir!

Dayak atan babasından nefret etmeden, bir çocuğun, bir gencin Tanrı'ya sitem etmesine hatta Tanrı'yı inkar etmesine imkan bulmak zordur. Dayağın olmadığı, sevgi üzerine kurulan toplumlarda ateizm nasıl güç kazanır?

Hamdi Kalyoncu, "Erkekten Kadına Yansıyan Şiddet"in hangi psişik mekanizmalarla ortaya çıktığını, erkeğin neden dayak attığını, kadının neden dayağa tahammül ettiğini, inanç ve kültürlerde kadına dayak atmanın nasıl yer ettiğini ve dayağın sonuçlarını; şiddet uygulayan erkeğe, şiddete maruz kalan kadınlara ve şiddet ortamında yetişen çocuklara dayağın yansımalarını, hastalarından verdiği örneklerle açıklıyor.

Buyurun!

Birçok kadının uykularını kaçıran, beynini kemiren ihtimal: "Ya biri varsa!.." Ummadık bir zamanda, beklenmedik bir anda, biri ortaya çıkarsa!

İki kişi, iyi kötü yaşayıp giderken, bir başka kadının ortaya çıkması ihtimali! Bir kişinin, birden fazla kişi ile birlikteliği. İster evlilikle, ister evlilik dışı olsun, birinin, karşı cinsten birisiyle birlikte olması!..

Birçok evli kadının korkulu rüyası; "Ya bir gün, biri çıkıp gelirse!" düşüncesidir.

Bu ihtimalin beyinlerde bir fobi haline gelmesiyle evlenmekten korkan genç kızlar da maalesef az değil!

Duygusallık, cinsellik, çocuk ihtiyacı ve bezeri psikolojik sebepler yanında, kadın-erkek nüfusundaki eşitsizlik, savaşlar, ekonomik faktörler gibi sebeplerin teşvik ettiği, bir erkeğin birden fazla kadınla ilgilenmesi realitesi ortada!

Zaten her toplumda bir şekilde yaşanıp dururken, bazıları bunu evlilik tarzına dönüştürüyor ve bir büyük yükü üzerlerine alma fedakarlığı gösteriyorlarsa, bütün bu suçlamalar ve koparılan gürültüler neyin nesi?